Chico Anysio

Fazedores de histórias

PRUMO
leia

Todos os direitos reservados. Nenhuma parte desta obra pode ser reproduzida ou transmitida por qualquer forma ou meio eletrônico ou mecânico, inclusive fotocópia, gravação ou sistema de armazenagem e recuperação de informação, sem a permissão escrita do editor.

Direção editorial
Soraia Luana Reis

Editora
Luciana Paixão

Editor assistente
Thiago Mlaker

Revisão
Rebecca Vilas-Bôas Cavalcanti

Capa, criação e produção gráfica
Thiago Sousa

Assistentes de criação
Marcos Gubiotti
Juliana Ida

Ilustração de capa: Lucas Leibholz

CIP-Brasil. Catalogação na fonte
Sindicato Nacional dos Editores de Livros, RJ

A617f   Anísio, Chico, 1931-
           Fazedores de histórias / Chico Anysio. - São Paulo: Prumo, 2010.

           ISBN 978-85-7927-095-6

           1. Conto brasileiro. I. Título.

10-2443.
                                       CDD: 869.93
                                   CDU: 821.134.3(81)-3

Direitos de edição: Editora Prumo Ltda.
Rua Júlio Diniz, 56 – 5º andar – São Paulo/SP – CEP: 04547-090
Tel.: (11) 3729-0244 – Fax: (11) 3045-4100
E-mail: contato@editoraprumo.com.br
Site: www.editoraprumo.com.br

Dedico à Malga, dona da minha vida
para o tanto de vida que me restar.

| Sumário

Apresentação 9
A mulher do dentista 11
Alambique 17
A professora 23
Mato ralo 29
Aposentadoria 33
As gêmeas 39
A moça da noite 43
Uma vaca na estrada 49
As bolas de tênis 53
O tocador de tuba 59
O cachorro 71
China gorda 75
Bigode 85
Flagrante 91
Mazelas da vida 95
Ás de espadas 105
Marido e mulher 111
Juliana 117
Homem de fora 123
Vingança 137

Sargento 141
Provador de uísque 147
Homossexual 151
Foguete 155
Negócio perdido 159
Compadre visitante 163
Paquerador 167
Cavalo doido 171
Turista 175
Isaac, o conquistador 179
Casal convidado 183
Fantasma 187

| Apresentação

Ser genial naquilo que se escolheu fazer já é razão para admiração, mas conseguir ser especial, admirado pelo público e pela crítica, tanto como um grande artista da televisão, como no teatro, na pintura, no rádio, nas letras, entre outras atividades, é só para algumas pessoas, uma delas é Chico Anysio.

As suas qualidades como humorista são reconhecidas por todo o povo brasileiro, é uma rara unanimidade, que se estendeu inclusive para os livros, todos eles *best-sellers*, reconhecimento que alcançou junto ao público pelo trato que dá às histórias, que conta com maestria, tanto nos contos como nos romances.

A reunião de alguns de seus contos neste livro traz à tona toda a sua verve, a compreensão que tem dos sentimentos populares, a caracterização perfeita dos personagens, aproximando o leitor do texto de tal forma que separá-lo do que estiver lendo se torna uma tarefa muito difícil.

A Prumo sente-se muito honrada em ter no seu catálogo um escritor desse nível, consagrado pelo seu excepcional talento, tanto profissional como pessoal, capaz de entender a alma do próximo, da coletividade, e reproduzi-la em diferentes formas de mídia, criando um relacionamento fácil, sutil, com quem esteja do outro lado, agregando acima de tudo um humor de qualidade indiscutível.

O editor agradece o privilégio de publicar seus livros e de ser seu amigo.

Paulo Rocco

| A mulher do dentista

Se o senhor entender, pode sair perguntando nos quatro cantos da vila o que é e como é, o que faz e o que não faz a mulher do dentista. Vá na parte que quiser, no ponto final do ônibus, cooperativa, mercado, onde os homens só se juntam para falar indecência, vá na fábrica de aguardente e, no canto que escolher, quando abrir a sua boca falando nessa mulher, a resposta que obterá é uma só: vale nada. Se aparecer um que seja que fale bem dessa dona, pode vir me dar na cara. Sabe mulher bem safada? Ela é assim. Bem safada. E não tem mão que dê conta pra gente contar nos dedos os cabras que, na encolha, passaram ela nos peitos. Pedro Paulo, do Jucá, cabra bem aparentado, bigode feito no talho, roupa comprada pronta em loja da capital, quase se amigou com ela, de tanto que com ela andou. O homem pode ser flor, mas não merece uma cheirada. Ela é toda apresentada, cheia de nós pelas costas, alta, seca, cabeluda, esse tipão de mulher que na cidade tem muitas, mas aqui no interior não aparece nenhuma. Diz que estudou em São Paulo, num colégio estrangeiro. O dentista é também de lá, das bandas do sul. Pois desde que os dois vieram morar aqui na cidade, e já vai pra muito tempo, vai pra mais de doze anos, já faz tempo que nem conto, pois nesse tempo, doutor, só eu tenho a capacidade de conhecer uns dezoito que se deitaram com ela. Fizeram obturação lá na mulher do dentista. Homem deixa pra depois? Deixa o quê. É aparecer o prato na mesa posta que ele se senta e almoça. Além do mais mulher fina, toda cheia de absurdo, porque a verdade não nego: é maneirosa e educada, põe perfume nas orelhas, anda luxenta, na moda, é mulher de qualidade. Eu, por mim, modéstia à parte, não sou um bicho. Sou não. Hoje, não, que eu nem fiz barba, mas me procure domingo, quando eu boto minha roupa bem lavada e engomada, sapato de duas cores comprado em Fortaleza, meu lencinho encarnado no bolso do paletó. Dia de semana, não, porque dia de trabalho não merece esse capricho, uma vestimenta melhor. Mas no domingo eu lustro. Eu sou do interior e por aqui, seu doutor, todo domingo é de festa. Pois num domingo, eu venho andando sem mais porquê e na esquina do correio escuto aquele psiu. Eu parei, olhei em torno, era a mulher do dentista. Me dê o fogo, ela disse. Olhe só: me dê o fogo. Foi assim que ela falou. Eu desaprecio muito essas mulheres que fumam. Não tem coisa mais cruel do que uma mulher soltando fumaça por boca e venta. Os peitos dela, por dentro, devem viver encardidos. Mas ela pediu o fósforo, eu disse não tenho não, mas dou jeito. Já ia andando pro bar, na tenção de arrumar um palito emprestado, quando ela toca em meu braço e me diz no jeito dela: aqui, não, leve lá em casa. Isso é coisa que mulher, uma mulher de dentista, diga pra homem na rua? Eu até pensei comigo que tinha escutado errado, mas ela se riu e mandou: amanhã depois das duas, que meu marido não está. Doutor, me faça um favor: bote-se no meu lugar. Não é coisa que endoidece, ouvir uma palavra dessas? Amanhã, que ele não está. E um convite desse alcance logo pra quem? Para mim, que só falava mal dela, contando suas façanhas, cada vez que caminhava na estrada do pecado, sabedor, que eu sempre fui, de quem andou e quem não, na cama que ela emprestava. É ou não é esquisito? Amanhã, que ele não está, não é coisa que se diga a um homem desconhecido, e eu tenho pra mim, doutor, que até aquele dia ela nunca tinha visto minha cara, na cidade. E, se viu, não reparou. É de endoidar ou não é? Pois foi o que ela disse, sem tirar uma palavra, nem botar a que não tem. Aqui pelo interior a gente tem pouco jeito de prevaricar, doutor, de modo que se aparece a chance do prevarico o cabra se doidifica, fica feito galo novo, querendo pular a cerca pra vadiar no terreiro, botar pra fora os guardados. Foi o que se deu comigo. Eu fiquei numa tremura que vara de marmeleiro é um poste desses de luz. Eu me tremia todinho, e, pra mim, ela notou. Ela aí foi caminhando pro lado onde morava, foi andando e repetindo depois das duas, ouviu? Amanhã depois das duas, amanhã que ele não está. Doutor, em toda essa vida, nos meus vinte e sete anos, nunca uma noite passou passando tão devagar. O ponteiro do relógio, sem pena nem compaixão, parecia estar pregado no giro da uma hora. Eu levantava, uma e quinze. Rolava pra lá, pra cá, botava o olho, uma e vinte. Mais um pouco, quando achava que tinha passado tempo, o relógio me dizia que era uma e meia. Olhei tanto pro relógio com hora tão parecida que cheguei a imaginar: esse diabo parou. De manhã me levantei, me asseei, fiz a barba e me danei pro armazém e pedi uma licença ao patrão, Seu Floriano, pra trabalhar meio dia, porque de tarde eu queria dar um pulo em Canindé e visitar minha mãe. Pobrezinha. Sim. Eu digo pobrezinha porque minha mãe morreu em outubro de sessenta, mas, se Seu Floriano sabe dessa data, ele me mata. Pois Seu Floriano disse está certo, pode ir, eu passei a manhã toda trabalhando em faz de conta sem me afastar do relógio, até que deu doze horas, eu disse até amanhã, fui em casa, tomei um belo de um banho, frasco de cheiro, um talquinho, sapato de duas cores – que pra mim era domingo. Era mesmo terça-feira, se não me engano de dia, mas pra mim era domingo e domingo feriado. Doutor, o senhor conhece a mulher que eu estou falando? Ela é a mulher do dentista, como já disse, se penso. Se conhecesse, doutor, o senhor bem que aprovava o fato de eu achar que o dia de me encontrar com a danada era domingo dos gordos. De uma hora pras duas, demorou bem cinco horas. Oh, tempo pra remanchar! Quando a igreja bateu avisando as duas horas, eu senti um calafrio que nem sei como é que foi que sustentei nas pernas. Ah, é agora, eu pensava. Não é que aquela mulher tivesse minha simpatia, inclusive eu quando abria a boca pra falar nela era só pra chamar ela de tudo que ela fazia por onde ser nomeada. Mas nessa hora, doutor, ninguém escolhe o seu caldo. O que vem pra mesa é sopa. E, ainda por destaque, eu nunca tinha sabido como era uma mulher de gente de muitas posses, haja vista que, até aquela ocasião, a melhorzinha que tinha estado na minha casa tinha sido a empregada do professor João Faustino, uma sarará miúda que falava que já tinha feito até o admissão. Duas e quinze eu saí pela rua aqui detrás e tomando jeito e conta de ninguém me enxergar porque, pra todos os efeitos, eu estava no Canindé visitando minha mãe, que faleceu em sessenta, mas Seu Floriano pensa que até hoje ela está viva. Duas e meia eu cheguei e bati manso na porta. O meu coração pulava feito sapo quando chove. Abriu-se a porta e aparece sabe quem? Só o dentista, Dr. Otávio Leutônio, de avental de doutor e com um ferrinho na mão. Ele aí me disse: entre. Eu ainda fiz tenção de não entrar, ir-me embora, ele me pegou no braço e disse: entre. Eu entrei. Entrei, doutor, eu entrei, o que era que eu podia fazer numa hora dessas? Bato na porta, ele abre, manda entrar, tenho de entrar. Ele ajeitou a cadeira e disse pra mim: se sente. Doutor... eu falei. Se sente, ele insistiu. Eu sentei. Ele aí abriu minha boca, espiou o desnecessário e falou: nem vou usar anestesia, nem nada, você é um homem forte, de resistência de touro, vai mesmo sem anestesia. E arrancou, um por um, os doze dentes de sobra que eu levava na boca. Um por um, arrancou tudo, sem nem botar um remédio, sem passar algodãozinho e arrancou foi com força, sem perguntar se doía. Eu, também, não disse um ai. Ele arrancava, eu cuspia encarnado que só vendo, ele arrancava, eu cuspia. É desse dia pra cá que eu uso dentadura. Essa aqui quem fez foi ele, o marido da putinha.

| Alambique

A gente não é de ferro. Eu nunca fui homem de querer me mostrar, de bancar que é especial, o que a folhinha não marca, não sou um desses cabras cheios de nove horas que a gente cansa de ver e de encontrar por aí, por esse mundo de Deus. Sou um homem simples. Nunca fiz uma exigência, mesmo porque eu sei reconhecer o meu lugar. Não, doutor. Eu não me meto a aparentar o que eu não sou. Muitas vezes tive chance, tive a oportunidade de comer ali na sala, dijunto do meu patrão e excelentíssima família. Muitas vezes. Não foi uma nem duas, foi uma porção. Quando, por exemplo, eu fui levar a notícia do milésimo barril do ano. O patrão foi generoso, foi muito amável e gentil. Parecia até que eu era gente igual a ele, não um mero empregado, um cidadão subalterno, como é o que eu sou de fato.

— Entre, Severino, venha. Sente aqui na mesa e venha comer com a gente.

Sim, senhor. Foi mesmo assim, como eu estou dizendo: "se assente aqui com a gente." Não só me convidou como, unindo o gesto à palavra, ele mesmo arredou a cadeira assim com o pé para eu ir e me assentar, como faz com os amigos que é doutor que visita ele e participa da mesa. Pois arredou a cadeira, se rindo, e disse em alto e bom som:

— Se assente aqui, Severino, venha e coma com a gente.

Eu me sentei? Não senhor, doutor, não me sentei, não. Eu só disse foi obrigado, não estou com fome, não senhor, e no passo em que tinha chegado fui saindo porta afora. Fosse outro fazia o quê? Sentava ou não sentava? Ora, se! Se assentava, bem do seu, já pegava intimidade, me passe aí a farofa, bota mais arroz aqui. Eu, não.

— Não estou com fome, obrigado, vim-me embora.

Podia bem me assentar pois se ele tinha convidado. Me assentava e usufruía da mesa e da intimidade da família e do patrão. Podia ou não podia? Podia demais, que ele até tinha arredado a cadeira com o pé, como faz para os amigos. Disso eu me gabo, doutor: nunca abusei. Abuso é coisa que considero um destempero. Meu lugar é no jota? Não vou ao bê nem ao cê, fico quieto lá no jota, que lá é o meu lugar. Eu sei me reconhecer, sei onde é o meu canto. Sei e não arredo dele. Meu serviço eu faço direito. Ah, isso faço. Se não faço melhor é porque não posso. E vim lá de baixo, eu vim lá do comecinho. Já trabalhei no eito, doutor, no corte, eu comecei foi do zero. Se hoje eu sou o cabra que toma conta dos barris, se hoje eu tenho um posto que conta os barris que saem, eu cheguei a esse ponto foi pelas minhas virtudes, não foi por favor nenhum. Quem me botou nesse posto foi o meu trabalho, doutor. Não foi por bajulação nem foi por protegimento. Estou aqui por merecer. É vitória ou não é? Tinha cabra melhor que eu pra cavar uma cova de cana? Pergunte. Pergunte a qualquer um que trabalhe aqui na usina se teve no eito um cabra eu só que fosse melhor do que Severino Arruda. Quando passei pro corte fiquei só dois anos lá. E nem chegou a ser dois inteiros. Antes de fazer os dois anos eu já tinha progredido, já era chefe de equipe, como o patrão nomeava. Eu fiquei por nove anos trabalhando no alambique. Fiz tudo que foi qualidade de serviço, fiz de tudo. Nunca faltei um dia ao trabalho. Um dia, eu não faltei. Nem quando tive aquela febre que Mãe Constância garantia que era maleita. Se era ou se não era, nem me importa. Com 39 de febre, me cozendo por dentro, morto de frio, tremendo – e era pleno meio-dia – eu estava no alambique, sacudindo bagaço de cana na carroceria do caminhão, que era esse o meu serviço, na ocasião da febre que Mãe Constância garante que era febre de maleita. Tomei conta do dinheiro quatro meses bem contados, quando o patrão viajou com a família pela Europa. Quem pagava, recebia, fazia e acontecia era eu, doutor. Ele chegou muito bem, fez a prestação de contas, faltou um tostão? Um tostão furado, faltou? Pergunte pra ele. Além de tudo bater direitinho, só ouvi elogios.

– Muito bem, Severino, nunca as contas andaram tão certas.

Foi o que o patrão me disse. Nunca as contas andaram tão certas. Esperei, não vou negar, que ele me desse um agrado, um dinheirinho de ajuda pelo serviço que eu tinha feito de graça e que nem fazia parte da minha obrigação. Ele não deu. Disse só muito bem, Severino, nunca as contas andaram tão certas, e ficou por isso mesmo. Eu fiquei aborrecido? Nem um pouco. Tudo que foi empregado da usina achou um despropósito ele não me dar uma recompensazinha pelo que eu tinha feito, mas eu nem me importei. Fiz por querer, doutor, fiz pra ajudar, pra mostrar que estou no jota, mas tenho competência pra chegar ao tê ou ao vê. É isso, doutor. Eu fiz de tudo nessa usina. De tudo que o senhor possa imaginar. Até ajudei a consertar a máquina que se quebrou na virada do caminhão de Esau. Eu, que nunca tinha botado a mão numa chave-inglesa, fiquei uma semana inteira trancado no galpão junto com os dois homens que vieram lá do Rio, e eles mesmos disseram ao patrão que sem Severino Arruda tudo tinha sido ruim, tudo muito mais difícil, que eu é que tinha sido o facilitador das coisas. Ele se virou pra mim e, na frente dos cariocas, foi falando:

— Muito bem, Severino, você é um homem importante aqui na minha usina, muito bem e muito obrigado.

Não deu nem um dinheirinho, mas disse "muito obrigado". Eu sou assim, doutor. Cara feia para o trabalho, eu nunca fiz e nem faço. Eu considero muito a usina. Meu filho nasceu aqui e aqui também eu enterrei a minha companheirinha, Leontina, a minha nega. O patrão soube do caso porque contaram pra ele, ajudou muito na doença. Nunca me esqueço que ele me disse que eu tirasse na farmácia o remédio que precisasse. Isso eu não esqueço nunca. Ainda falou pra mim que se a neguinha morresse eu podia faltar ao trabalho que ele não se importava. Nesse ponto também ele foi muito decente. O danado foi que a nega morreu no sábado cedo e eu enterrei ela no domingo. Sendo assim, segunda-feira eu estava no engenho para cumprir a minha tarefa. O patrão quando me viu já veio de lá falando:

— Muito bem, Severino, ora, ora, muito bem. Você é um homem incrível, você é maravilhoso, um empregado exemplar, como nenhum outro existe. Como você não tem outro.

– Não tem outro. Como não tem outro.

Foi assim que o patrão falou. Todo mundo ouviu; só não escutou quem não quis. Um empregado como não tem outro.

– Obrigado, patrão – foi o que eu disse,

Ele aí saiu batendo a poeira da calça e tinindo as botas novas pelo chão do engenho. Nunca fui homem de vale e nem de me faça o favor. Pão pão, queijo queijo. Me mostre, o senhor ou quem quer que seja, um dia que eu tenha feito cara feia pra serviço ordenado ou que tenha remanchado no trabalho. Eu sou assim, doutor, é o meu feitio. Sei do meu valor, como sei a diferença do certo e do errado. Foi por isso, doutor, que me doeu muito quando se deu o caso da partida de aguardente fermentar. O patrão botou a culpa em mim. Eu não gostei, doutor. Ele falou gritando, como se eu fosse merecedor de sofrer uma reprimenda. Todo mundo olhando a descompostura e ele, de cara encarnada, sem parar de falar que eu era um trabalhador sem capacidade, que não prestava atenção no que fazia, que andava com a cabeça sei lá onde, mais isso e mais aquilo outro. Eu respondi? Calado estava, calado fiquei, cabeça baixa, mãos pra trás, deixando ele soltar os cachorros em cima de mim. Cada ofensa do patrão era a mesma coisa que uma facada em cima do coração. Eu uma hora tentei tirar o olho do chão e botar nos olhos dele, só pra ver se ele estava falando de verdade mesmo ou era brincadeira, porque eu não acreditava que fosse de verdade que ele estivesse falando tanta coisa feia de um empregado como eu. Eu quis botar o olho nele, doutor, mas cadê força? Meu olho ficou foi pregado no mosaico. E foi bem cinco minutos de briga. Briga, não, que pra ter briga tem que ter pelo menos dois. Cinco minutos de enxovalhação. Calado estava, calado fiquei. Depois de dizer o que bem quis, me reduzir, me humilhar, acabar comigo na frente de todo mundo, deu meia volta e saiu batendo as botas. Cada um voltou ao seu afazer, botei minha cara debaixo do braço, o mais que eu podia fazer, e tomei uma decisão de vingança. Aquilo, o patrão tinha de me pagar. É justamente por isso, doutor, que, dessa data pra cá, todo santo dia bem cedinho, eu mijo no alambique.

| A professora

Ele ligou para o Banco e fez ligação errada.
– Com quem deseja falar ? – perguntou do outro lado uma voz que ele achou que era a voz de alguém a quem ele conhecia.
– Quem está falando ? Quem é?
– Pra onde o senhor ligou?
– Eu sei que liguei errado, mas sua voz eu conheço.
– Tenho voz de professora – disse ela, num sorriso. "Nós temos vozes iguais."
Samuel ficou um tempo sem nem ter o que falar.
Aquela voz era a dela, da Dona Maria Eunice.
Era a voz da professora de História do Brasil, por quem fora um apaixonado. Deus do céu, a professora. A Dona Maria Eunice que reinou no Atheneu, que enlouquecia os alunos no cruzar de suas pernas, aquelas eternas pragas que os levava aos sonhos, aos maiores devaneios.
Agora tinha certeza de quem falava essa voz. Agora ele até jurava, ele apostaria a vida, na certeza se ser ela, a professora preferida.
No seu sorriso, matou.
Era ela, a sua mestra, seu amor de adolescente.

Quantas vezes sua mão chamou-se Maria Eunice?
— É a Dona Maria Eunice? — ele arriscou, noutro tom.
— Sim, sou eu. Quem é que fala? Quem fala aí?
— Samuel. Seu aluno no Atheneu.
— Samuel? Aquele ruivo?
— Aquele mesmo. Sou eu.

Maria Eunice também alguma coisa sentiu, pois fez uma longa pausa, quem sabe, talvez viajando em pensamentos guardados a respeito do aluno que agora, por acaso, por um erro ao telefone, a tinha localizado?

Se tanto tantos pensavam, quem poderia negar que também ela não usasse desse mesmo proceder?

Havia horas, na classe, que o olhar da professora não era o de quem estava ali para os ensinar. Era um olhar maroto, um olhar onde explodiam putaria e safadeza.

E agora, pelo destino, sem querer ele encontrava a Dona Maria Eunice com quem tanto ele sonhara.

Brigando com a timidez, ele preparou um bote tentando lhe ser possível aproximar-se de vez.

— Eu gostaria de vê-la, se é que eu posso. Se importa?
— Eu me importar? Ao contrário. Terei enorme prazer. Tome nota do endereço.

E ela deu o endereço de uma rua no Catete.

Morava no mesmo prédio onde sempre ela morou desde o tempo do Atheneu. Ou mais passado ainda: desde o tempo de menina.

Samuel sentiu um frio a lhe correr pelo corpo, lembrando seu par de coxas quando ela cruzava as pernas.

Era algo tão sublime!

Aquelas coxas morenas com um leve pelinho louro, certamente assim dourado pelo sol do Arpoador, havia sido um massacre no tempo de adolescente.

Samuel a vira um dia nas ondas do Arpoador.

Ela estava com um cantor da Rádio Nacional e nem notou o Samuel babando só de a olhar no maiô de duas peças, queimando as coxas ao sol, encharcando-se de sal, fazendo-se dessa forma mais apetitosa ainda, gostosa, coisa querida, sua quenga, minha gata, mulher por quem um se mata.

Foi de táxi, por pressa, aquele desejo louco de a ver e até, quem sabe...? Quem sabe? Até quem sabe...

Seria talvez possível acontecer qualquer coisa?

Ora esta, como não? Ele só deu um motivo, ele só tocou no assunto, mas foi ela quem chamou. Foi ela quem convidou, mostrando um certo desejo que podia vir de longe, do tempo do Atheneu.

Ela se lembrou de mim. Me perguntou: "é o ruivo"? Foi ela quem demonstrou estar louquinha por vê-lo.

Quem sabe naquele tempo a professora, no fundo, também não pensava nele, como ele às vezes nela enquanto tomava banho?

Na Rua Correia Dutra o carro acabou parando.

– Chegamos – disse o chofer que lhe tinha estendida a mão do recebimento da conta: a sua corrida.

Samuel entregou o dinheiro e deu uma boa olhada, para examinar o prédio.

Era um daquele tempo.

Era o mesmo, ele lembrava.

Um apartamento de fundos.

O 103 não era frente e era o primeiro andar.

Ele subiu pela escada, pois a pressa o proibia de esperar o elevador. Fazendo um só degrau de cada três que subia, Samuel chegou aos pulos à frente da sua porta.

À porta do apartamento, Samuel se preparou.

Respirou fundo e comprido, parou aquele tremor que era leve, mas que havia.

"Tem que parar o tremor; eu preciso me acalmar. O que está aqui, aqui está, e o tempo é quem vai dizer se será meu ou não será".

Era um tremor que só dá em quem tem primeiro encontro.

Um tremor que chega cheio de suspense e de vontade.

Sentou num degrau da escada para pensar por um pouco no quanto aquilo valia.

Além da perna cruzada, havia os fartos decotes e a marca da calcinha que se fazia presente na saia sempre apertada.

E os lábios?

Meu Deus, os lábios eram mais que chamamentos, porque eram dóis tormentos pintados de encarnado, endoidando, enlouquecendo a ele e aos demais da sala.

Quem na turma não sonhava em ter nos braços, desnuda, aquela musa morena, aquela deusa de carne que morria de saber que maltratava a turma inteira; a turma para quem ela era a doce namorada, a desejada pequena.

– E agora ela vai ser minha. Por um pouquinho, mas vai.

Tocou leve a campainha, depois mais forte, esperou… ela não funcionava.

Samuel deu duas batidas com os nós da mão e aguardou.

Dentro do peito, o que havia não era um coração. Eram duzentos. Batendo, batendo de causar dor, batendo de se escutar.

Não demorou dez segundos e a porta se escancarou.

Do lado de cá: Samuel, menino-amante de ontem, querendo viver agora um sonho de vinte anos que ele mal acreditava que iria realizar.

De lá, Maria Eunice, uma senhora de idade, gorda, de cabelos brancos, as pernas muito inchadas...

Do lado de cá o passado, passado morto e enterrado, tentando o impossível, querendo ressuscitar.

De lá, aquele malvado que tanto mal faz a elas, o presente, esse bandido, bicho ruim, desalmado.

Do lado de cá a verdade, essa maldita sincera que estraçalha, espezinha, que faz o que bem entende com a mulher que quiser.

De lá, a Maria Eunice, de cá um rapaz qualquer.

Samuel deu boa tarde, entrou, sentou um pouquinho e quando Maria Eunice mostrou que agora iria dar uma cruzada de perna, Samuel olhou pro lado, evitando ter que olhar para aquela perna gorda, de banha e de celulite.

O que ele pensava agora era em como antecipar o momento de ir embora.

| Mato ralo

Por essa luz que me alumia eu juro que não fui eu que fui procurar por ela. O senhor que me conhece há mais de trinta anos, tem que saber que eu sou incapaz de fazer uma coisa dessa feiura. O senhor me viu menino e diz meu pai que, num dia de parada do exército, o senhor me botou no colo e até perguntou de quem é esse menino tão cheiroso e engraçadinho. O senhor tem que acreditar em mim. Não fui eu, doutor, foi ela. Ela é que veio pra minha banda cheia de conversa troncha. O pai dela – um bebo - anda, em tudo que é canto, dizendo que fui eu que aticei, que prometi mundos e fundos. Ora, doutor. Eu não tenho no cu o que um passarinho roa; posso prometer mundos e fundos a uma moça rica, a filha de um coronel? Pra poder cumprir, o que eu tenho o direito de prometer é difícil; é serviço e desconforto, e o senhor sabe disso muito melhor do que eu. E o coronel fica falando, até mesmo no bilhar, que eu prometi mundos e fundos. O que ele está querendo, doutor, lhe juro, é apenas justificar. Não é assim que se diz? Justificar. Mas o senhor sabe que foi ela. Eu estava sossegado no meu canto – até me lembro que eu estava ouvindo o jogo do Ceará, quando lá vem ela toda feita, com cara de quem deseja, com jeito de "é agora". De começo,

sabe o que foi que eu cheguei a pensar? Que ela quisesse ajuda pra um serviço qualquer. Até pensei:
– Pronto, lá se foi o meu joguinho.

Desliguei o rádio – a maior prova está aí: eu desliguei meu radiozinho, me levantei respeitável, sim senhora, o que é que manda? Ela foi e segurou a minha mão de um jeito que ninguém mais segurou do mesmo jeito. Doutor, a minha cabeça deu uma reviravolta que até hoje eu não sei como foi que eu não caí dando de cara no chão. Foi Deus que botou a mão embaixo, e me sustentou. Mas também é verdade que eu não fiz nada por onde tirar minha mão da dela. Nem devia, devia, doutor? Não foi ela quem veio e pegou na minha mão? Pois se pegou, eu deixei. Quero ver onde é que isso vai dar, eu pensei. Ela aí me olhou de um jeito que eu pensei que estava era me virando pelo avesso. Não sei se o senhor entende. Se o diabo olhar, é daquele jeito que ela olhou, porque o olho do diabo deve ser quente, é um fogo, é o inferno, não é, doutor? Pois o olho dela era assim, doutor, uma fogueira bulindo. Pois ela olhou e disse vem cá. Doutor, eu já tinha desligado o radiozinho, já tinha deixado minha mão a serviço da mão dela, então pensei:
"Home, eu vou."

Pensei em ir e fui mesmo. Fui assim feito quem vai andando na escuridão. Eu não sabia qual era a tenção dela, mas porém eu bem que imaginava, porque, além da mão se enroscando na minha, tome de alisamento no braço e dedo no caminho do cangote pra orelha. Doutor, faça o que quiser comigo, mas não me toque no cangote. Não sei se o doutor também é assim que nem eu sou, mas o meu cangote é um ponto vulnerável. Quer me ver arrepiado, me toque no meu cangote. Espie, doutor. Espie como eu fico arrepiado só de falar no assunto. Pois bem: vem cá, eu fui, ela subiu no rumo das bananeiras, desceu pela ribanceira do rio, e eu fui seguindo pensando só em safadeza. Lá na frente, dijunto de onde tem o cajueiro, tinha um matozinho ralo, veja como as coisas iam. E isso com um acochar de dedo, um roçar de mão, um negócio de assoprar no ouvido que é de endoidar, não sei se o doutor já passou por semelhante estado de coisas, mas eu acho que sim, porque o doutor anda muito pela cidade e na capital é que a sem-vergonhice vive no paraíso, desculpe o atrevimento de lhe falar desse jeito. Pois ali no mato ralo eu me assentei, botei rádio assim de banda e fiquei só esperando pra ver o que era que faltava, porque pro meu entender já não faltava mais nada. Sabe o que foi que ela fez? O coronel diz que fui eu que botei fogo, aticei, mas sabe o que foi que ela fez? Começou a levantar a saia. Eu só via os dedinhos irem puxando a saia pra cima. Zic, zic, zic, zic, já apareceu o joelho, zic, zic, zic, olha o começo da coxa – com licença da palavra. Essa moça quer coisa, eu pensei, mas não quis me adiantar, porque eu sou um homem respeitador – o senhor me conhece, já me pegou no colo na parada, o senhor sabe disso. Mas aí zic, zic, o coxão brilhando, o mato ralo, aquele ventinho de fim de tarde, que é uma tentação – eu até tenho pra mim que cearense tem tanto filho, doutor, é pelo impulso do vento. Pra ser sincero, doutor, eu nessa hora já nem me importava de saber se o Ceará já tinha empatado o jogo ou se o Ferroviário ainda estava ganhando. Eu só pensava era naquela fita que estava passando. Tinha um zunido na minha cabeça que era uma coisa por demais. Mesmo de tardezinha e com aquela brisa bafejando, o calor que eu sentia era de sufocamento. Sabe onde era que o meu coração batia? Batia aqui, no pescoço. Eu juro ao doutor pela Luz Divina que era bem aqui no pescoço que o meu coração batia. Eu nem sabia que o coração subia nessas horas de desconforto da decência. Eu falo assim, doutor, porque por um motivo ou por outro eu olhei pra baixo, em mim, e dei fé que eu estava indecente. Disso, todo mundo pode me acusar: eu estava indecente. Mas nem buli no cinturão. A sainha dela tanto subiu pelos zic, zic que uma hora se acabou. Ela aí tirou a saia e tirou o demais que a saia ainda cobria. Sabe como ela ficou? Nua, doutor. Nua, se me permite usar esse termo: nua. Aí eu pensei:

– Não tem mais jeito.

Fiz tenção de pegar o rádio e desaparecer, mas ela deixou? Segurou minha mão, botou lá num aquecimento dela e desabotoou minha calça. Eu dizia não faça isso e ela trisc, um botão, olhe o que está fazendo, trisc, outro botão, tire essa mão daí, trisc, mais outro. Aí, doutor, a vista escureceu, pareceu que deu um trovoamento no mundo, um monte de faísca riscou o céu, no meu pensamento, e eu fiz o que me julgava merecedor de fazer. No fim Zé Horácio chegou e foi correndo contar pro coronel que tinha visto eu em cima da filha dele no mato ralo da ribanceira e mais isso e mais aquilo. Foi assim que se passou. Juro pela alma da minha falecida mãe, que, aliás, o senhor conheceu, porque inclusive estava comigo na parada no dia que o pai diz que o senhor me pegou no colo e perguntou de quem é esse menino tão cheiroso e engraçadinho. Foi assim que se passou. Mas não faz mal, não, doutor. O coronel tomou a vingança dele, acreditou na filha, não ia acreditar num borra-botas como eu. Mas aqui se faz, aqui se paga. Deixe, que Deus não é cego. Um dia o meu saco há de crescer de novo e aí o coronel me paga.

| Aposentadoria

Severino José Silva, de sessenta e cinco anos, sofria muito de gota e de uma dor nos seus rins que nenhum doutor tirava.

Era mesmo de dar pena quando lhe batia a dor, aquela dor infeliz que o levava até aos gritos, porque parecia vir lá dos confins do seu ser para então se apresentar como dor de trincar dente, de fazer promessa a santo, de implorar ao Senhor que o melhor era morrer.

Severino José Silva, nascido no Maranhão, na cidade de Codó, tinha na vida esse carma: aquela maldita dor que lhe nascia nos rins.

Já andara procurando nos consultórios possíveis, ao alcance do dinheiro miserável que ganhava, um jeito de lhe pôr fim. Já até perdera a conta dos doutores procurados sem que nenhum deles desse um jeito qualquer de acabar a malvadez dessa dor que lhe doía.

Os doutores do subúrbio que dão consulta barata e além disso andam a cata de seus prováveis clientes foram todos visitados. Também os que eram do SUS e alguns até que o patrão por compaixão lhe pagara.

Mas esses doutores todos – exceto aqueles senhores pagos pelo seu patrão – eram médicos que ele chamava de "da pobreza".

Todos gente muito pobre e muito, muito doentes; alguns até padeciam mais ainda que os clientes.

Pedreiro de profissão, trabalhador de primeira, Severino já estava querendo se aposentar. Suas mãos eram dois calos, pelo tanto de tijolos que havia carregado nas obras por onde andara.

Seria pouco dinheiro o que iria receber, mas mesmo assim serviria, porque, ao menos, teria um tempo pra se tratar. A aposentadoria ele via diferente do modo como era vista pelos seus outros colegas.

Nada, nada de descanso, de passar a fazer bicos para ajudar na despesa que a casa sempre lhe dava. Severino precisava era de um tempo maior para ver se achava alguém que lhe tirasse a danada, aquela dor infernal que era quem lhe mandava.

Severino José Silva, morador em Guadalupe, chegou às oito da noite para ocupar na fila um lugar que garantisse receber, no outro dia, uma das senhas que dão direito a ser atendido.

A mulher lhe preparou dois sanduíches de queijo e colocou uma banana na sacola que lhe deu.

– Leve isso aqui, Severino. Lanchinho para mais tarde.

Aquilo o ajudaria a enfrentar a madrugada.

Daí então para a frente, era por conta de Deus.

– Deus te ajude, Severino – disse a mulher no domingo, quando ele saiu de casa pra pegar um lugar na fila.

Aquela maldita fila que é sempre sem tamanho porque começa na porta e vai sempre se espinhando até onde a vista alcança.

Na hora em que ele chegou, ali por volta das oito, já havia muita gente na fila querendo vaga.

"E eu pensando que ia ser dos primeiros a chegar. Queira Deus que estando aqui ainda me sobre senha."

O posto do INSS ficava em Padre Miguel, e a fila era composta por quase mil severinos; cariocas-nordestinos, cearenses, alagoanos, chamados de "paraíbas", a mão de obra que fez o crescimento do Rio. Quinhentas senhas.

– É muito.
– Ora, muito. Eu acho é pouco.

Mas isso era um motivo para ele ter esperança de ser um dos atendidos.

Olhou a gente que estava ali na mesma espera: um mundo de severinos tão sofridos quanto ele, esperançosos, coitados.

Severino até achou que era o mais bem vestido.

Só ele de paletó.

E ele só veio assim para obedecer ao comando que sua mulher ditara pensando em seu bem estar:

– De madrugada é frio – foi o que a mulher lhe disse.

E até que deu uma esfriada ali por volta das duas.

O paletó o ajudou a enfrentar o ventinho que vinha trazendo um frio, se é que aquilo podia ser chamado assim: de frio.

O pior foi mesmo a chuva que começou a cair.

Encostados na parede, querendo fugir da água, tentavam o impossível.

A chuva foi engrossando, começou a cair forte e, desse modo, o melhor era deixar que molhasse.

Choveu toda a madrugada e o dia nasceu cinzento com as nuvens carregadas prometendo piorar, garantindo a umidade e as ruas alagadas.

Aquele dia safado, quando o trânsito engarrafa e de onde ele mora até chegar à cidade, a viagem cresce em tempo e ainda mais: desespero.

Pois era um dia assim, que este dia prometia.

Começou o atendimento e Severino foi vendo a fila ir diminuindo.

A cada um atendido sua esperança crescia.

Agora estava com fome e um pouco arrependido de à noite ter dividido o lanche com um vizinho.

O lanche que ele trazia deu pra três.

É, mas foi bom.

Na divisão do trazido percebeu que havia gente em estado pior que o dele.

O atendimento seguia e ele viu que haveria de receber uma senha.

O guarda olhando a fila, tomando conta do povo, disse que quinhentas senhas seriam distribuídas.

– Quinhentas! – ele gritou. "Quinhentas e mais nennhuma"...

Já era quase meio-dia quando sua vez chegou.

Fazia dezesseis horas que ali, na fila do SUS, Severino José Silva estava, em pé, esperando e até que afinal sua vez acabou chegando.

Entregou seus documentos, o homem lá os recebeu e depois de alguns instantes disse que faltava algo.

– Mas falta o quê, meu senhor?

– Faltam cópias desses dois.

As cópias dos que faltavam, ele tiraria ali e isto não era caso de Severino perder a sua vez, sua hora, perder seu tempo, afinal.

As cópias tão necessárias custavam um real e vinte.

Sessenta centavos cada.

Severino foi aos bolsos e só encontrou o dinheiro da passagem para a volta. Olhou pros lados com olhos de quem pedia socorro.

O guarda foi quem notou, quem percebeu sua aflição; e o guarda era um homem bom que um dia já tinha estado naquela mesma espera e isso o fez ajudar o homem que ali, aflito, parecia que sentia o mundo se acabar.

Severino José Silva recebeu da autoridade o dinheiro necessário para as cópias que faltavam e haviam sido pedidas pelo homem que mandava.

A máquina de fazer cópias fez as duas num instante, e quando a moça estendeu as duas cópias pra ele, Severino estava morto, o corpo ali no cimento, um esgar de sofrimento se exibindo no seu rosto.

– Mas do que foi que morreu?

Era só o que perguntavam.

– Ele entrou tão bem disposto.

Uns falavam em coração, outros em pneumonia, alegando ser da chuva a culpa de ter morrido.

Ninguém, ninguém atinou para a verdade da morte.

Severino José Silva morreu por não ter direito a ter paz no fim da vida.

– Foi por isso que morreu; ele morreu foi por isso.

Diziam todos em volta enquanto alguém já trazia um lençol para o cobrir e velas já eram acesas.

– Mas disso só morre pobre – falou uma voz aguda. – "Rico nenhum morre disso. Anda, cobre o homem. Cobre!"

...

Rico nenhum morre assim. Mas, afinal, quem mandou o Severino ser pobre?

| As gêmeas

Se eu tiver culpa, pode dizer. Pode dizer na minha cara e me castigar do jeito que bem quiser, mas eu tenho certeza que sou inocente como um recém-nascido, inocente como um anjo, porque diz que não tem coisa mais inocente no mundo do que anjo, que só é tão inocente assim pelo fato de não ser desse mundo, porque eu, pelo menos, nunca vi anjo comprando em loja, passeando na cidade, tomando banho de sol na praia, nem andando pela rua, mesmo que fosse defronte à Catedral, nao é, não? Mas, se tem anjo na terra, anjo mesmo, anjo com inocência de anjo, a inocência dele é do tamanho da minha. Mas, se o senhor achar que eu tenho culpa, pode dizer. Diga: você tem culpa, Marcolino, e eu dou a mão à palmatória. Só quero é que primeiro o senhor fique sabendo direitinho de tudo que se passou. Eu tenho um colega por nome Emiliano que é como se fosse meu irmão. Nós fomos criados juntos, e, quando o pai dele morreu, meu pai, que já era viúvo, chegou a pensar em se casar com a mãe dele. Não se casou só porque a mãe dele tinha feito uma promessa de sustentar o luto até morrer e casando quebrava a promessa. Só foi por isso que meu pai não se casou. Só comia ela, mas sem o sacramento sacrossanto, o doutor entende? Isso me botou ainda mais amigo do Emiliano. Aí um dia, era um dia de domingo, a gente saiu, Emiliano mais eu, e a gente conheceu duas irmãs por nome Sílvia e Sônia, e as duas eram gêmeas uma com a outra. Mas eram gêmeas como no mundo inteiro não tem um par de gêmeas igual. Até uma pintinha que Sílvia tinha aqui por detrás do pescoço, Sônia também tinha, do mesmo tamanho e no mesmo lugar. Uma pinta do mesmo jeito, que era mancha que lembrava de longe o mapa do Brasil. A diferença é que uma – Sílvia – era esse tantinho mais alta do que a outra, mas, se a gente botasse as duas sentadas, nem a mãe e nem o pai sabiam quem era Sílvia e quem era Sônia. Só chamando. Assim, resolvia. Chamava por uma e a que atendesse era essa que tinha sido chamada. E tinha uma coisa que ainda aumentava a dificuldade, que era o fato das duas se vestirem com a mesma roupa. Nunca vi uma de branco com a outra de azul. Entendeu? Uma botava roupa amarela, a outra se amarelava, o vestido igual, sapato igual, olhe: era a mesma coisa que um espelho. Pois aí elas estavam passeando na Beira-Mar, Emiliano e eu também, a gente se passou, se olhou, mais com um pouco a gente já estava sentado num banco, cada qual com a sua. Pra mim caiu a mais baixa, que se chamava Sônia, mas eu só sabia que ela era ela quando as duas se punham de pé, porque sentadas tanto pra mim como pra Emiliano era a mesma coisa. Aí a gente ficou namorando, passamos para o namoro mais sério, a gente já ia na casa delas, já tinha direito de entrar na sala, sentar no sofá, sempre com Dona Consuelo presente, porque a mãe tinha um cuidado com as duas que nem era preciso tanto cuidado, porque tanto uma como a outra não queriam nem ouvir falar dessa conversa de cinema no balcão, de namoro no escuro, essas moças de família que dão um trabalho miserável, doutor. Olhe que pra pegar na mão foi um serviço puxado. Levei bem quatro meses pra segurar na mão dela – e assim mesmo ela com a mão frouxa, sem entrelaçar os dedos –, imagine o trabalho que ia dar querer levar o caso à frente a meu favor. Pois no dia do noivado, que foi na noite de São João, em junho, o pai já determinou que a gente ia se casar no mesmo dia, na mesma igreja e na mesma hora, eu não sei se por economia, mas também isso não me competia, porque o combinado é que as despesas eram dele e é assim mesmo que tem que ser: o pai da noiva é quem morre no dinheiro, porque é ele que tá desencalhando. Mas, sim. Do dia do noivado até o casamento passou-se mais de um ano, porque Dona Consuelo queria que a coisa fosse devagar, pra ela ter tempo de preparar uma festa, sei lá por quê. Noivei, como lhe disse, em junho e o casamento foi marcado para setembro do outro ano. A gente noivava toda sexta e todo sábado, porque tanto Emiliano como eu, os dois tinham que se acordar cedo, porque a gente pega na fábrica de refresco às sete da manhã e, todo dia, cinco e meia, a gente tem que estar de pé. Pois em todas essas semanas era a mesma coisa. Nem Emiliano, que é mais esperto do que eu, sabia quem era Sílvia e quem era Sônia, imagine eu que sou um ignorante, que só sei o que é a letra "O" porque tomo café em xícara. Dona Consuelo, que era mãe, que pariu as duas, umas poucas de vezes chamou Sílvia de Sônia e

Sônia de Sílvia, por aí o senhor pode calcular, doutor. Sentadas, era como se uma fosse a outra e a outra fosse a uma, uma dificuldade tão grande que a gente mesmo se ria, porque era um tal de se enganar que a gente ficava era doido. Só quem não se confundia eram elas. Mas aí a gente se casou, festa bonita, mataram um carneiro, bolos e doces, bebida farta, Cinzano comendo de esmola, lá pras oito horas teve dança, coisa luxenta, acabou-se tudo, vamos pra casa. Seu Edgardo – eu já ia me esquecendo do principal – tinha mandado fazer duas casas pra nós. Era esse o presente dele. Uma casa colada na outra, ali pertinho do aeroporto. A gente nem conhecia a casa, que ele queria surpresa, era pra gente só ver a casa mesmo na noite principal. Saímos da festa pra casa, quando a gente chegou estava tudo escuro. Tinha dado um defeito num poste, não tinha luz. Emiliano e Sílvia entraram na casa deles, Sônia e eu na nossa, tudo muito bem. Passou-se meia hora, tõe, tõe, tõe, tõe na porta, eu abri, era Emiliano, branco como um cueiro. – Marcolino, Marcolino, você nem reparou? – Reparar o quê, homem de Deus?, eu perguntei. E ele: – Ah, que nós entramos em casa, rezamos, rezamos, rezamos, de olho fechado, na maior contrição, quando eu abri os olhos e fui me acostumando com a escuridão foi que dei fé. É Sônia que tá lá em casa; essa que está aí contigo é Sílvia, só depois de rezar foi que eu dei fé. Eu aí disse: – Emiliano, você vá me desculpando, mas o jeito é ficar assim de hoje em diante, porque aqui ninguém rezou, não. Eu tenho culpa, doutor? Eu sou ateu desde pequenininho.

| A moça da noite

Era sempre desse modo que a coisa acontecia.

Nas férias surgia alguém vindo de um outro estado e depois de muito a amar, ia-se embora de vez; virava tudo passado.

Ela se dava contente, sem pedir, sem reclamar.

Era sempre desse modo que ela amava se dar – entregar-se por inteiro àquele que a desejasse, ao homem que procurasse ser, somente por instantes, seu amante, um companheiro.

Amavam-se sem se dizer uma palavra sequer. Parecia até que era proibido alguém falar. Amavam-se e ele se ia, deixando-a ali no relvado.

Depois de ir, só o silêncio.

Um silêncio prolongado, que entrava no calendário.

Nem mesmo um telefonema, uma palavra escrita, uma leve demonstração de não a ter esquecido; era como se aquilo nem tivesse acontecido. Sem data, tempo, ou horário.

Ela nem pedia muito, não tinha desejos plenos de prazeres e belezas. Nem lhe passava na mente algo assim como cobrar. Que Deus, podendo, a livrasse de um pensamento assim.

"Quem cobra não vale nada; quem cobra é gente ruim."
Ela era de outra casta, de outra raça de gente.

Queria só ser lembrada e, na lembrança, ganhar quem sabe um telefonema. Era só o que desejava: em troca do sexo dado, uma palavra bastava.

– Alô. Sou eu. Como vai?

E nada mais, nada além. Isto a faria sentir-se não uma coisa, mas alguém. Uma única palavra, um alô ou um olá e tudo estaria certo, melhor do que o desejado. Somente uma palavra. Não era pedir demais, se ela tanto se dava; às vezes até gemendo, como se aquele sêmen que lhe era ofertado provocasse aqui, lá nela, um prazer especial.

Mas era o esquecimento, só isso, que ela ganhava.

As amigas e as irmãs reprovavam com veemência o seu se dar sem juízo nesse jeito oferecido de fazer amor no mato, como se fosse um bicho, um lixo, uma coisa à toa, uma putinha, de fato.

– Uma dona que se preza não se dá feito um animal. Amar no mato é pras vacas, as cabras, mulas e éguas. Mulher decente é na cama que se entrega a quem a ama. E tem que existir amor. Sem amor está errado.

As irmãs e as amigas eram vozes a bradar tentando tirar de Laura aquela feia mania de meramente "se dar".

– Não faça mais isto, Laura. Nenhum homem gosta disto.

"Como não gosta?", pensava. "Pois se é só o que eles querem."

Mas por ela assim seria até o final dos tempos. Pois bem que amar nos escuros, nos escondidos da noite, deitando suas costas quentes no relvado tão fresquinho e tendo lá dentro dela mais uma prova de amor, de ter amado sem medo, de se ter dado inteira, sem nem perguntar o nome daquele que a possuía era um amor errado. Pois bem que havia erro em ser mulher de algum macho.

Pois não é isso, no fim, o desejado por todas?

Qual a mulher que rejeita o prazer de ser amada?

"Amor é algo que a gente tem e é sem ser medido. Amor nenhum tem tamanho, nem formato, nem tem cheiro, nem sequer é nomeado, chamado disto ou daquilo. Amor é pra ser amado; nada mais e tenho dito."

Laura pensava assim.

"Taí. Pois pensando bem, amor pode até ter gosto, ter cheiro, pode ter jeito e sabor. Medida, não. Amor não tem. E seja lá como for, amor é bom e faz bem."

– O meu nome é João Alberto. E o seu? Qual o seu nome?

– O meu? O meu é "Moça da Noite". É assim que eu gosto e prefiro que os homens a quem me dou me chamem. Somente assim. Moça da Noite, apenas, pois não é isso que eu sou?

Moça da Noite ou do dia.

Isso, até, nem importava, pois o que Laura queria, pois do que Laura gostava era de sentir lá dentro o quente sêmen do amor.

Isso a fazia grande.

Isso era quase um modo de permitir que ela ousasse se sentir uma rainha.

Mesmo sem cetro ou coroa.

Uma rainha da vida, rainha de faz de conta, rainha de mentirinha, mas dona do seu reinado que começava na praça – a pracinha de igreja, e se embrenhava no mato, nos cafundós do escondido, onde então Laura reinava.

Lá na volta do riacho, aquele platô relvado, era onde estava erguido o trono de Laura, a moça que na noite comandava.

Era sempre desse modo que a coisa acontecia.

E era sempre nas férias, nos julhos e nos janeiros, naqueles dias marotos que traziam os forasteiros, os dias de gente nova caminhando na cidade, na sua cidadezinha que vivia esquecida lá nas entranhas de Minas, onde só ela brincava com quem mostrava a querer.

Brincar.

Era desse modo que Laura chamava o ato e denominava o fato de se entregar, ser vadia.

Nesses momentos, então, Laura sentia que vinha correndo por suas veias alguma coisa salgada, carregada de pimenta, uma força sem tamanho, algo sobrenatural que a empurrava para a festa lá depois do milharal.

Ali é que ela reinava, ali ela era a deusa, era a maçã cobiçada, moça de todas as noites, a moça da madrugada.

No começo, Laura ia esperar na estação pra ver quando o trem chegava e então arriscar um olhar, na procura de – quem sabe? – um homem lá da cidade chegando pra passar férias...

No começo, Laura ia esperar na estação e, esperando, procurava quem podia vir a ser o amante daquela noite.

Depois preferiu sentir uma espécie de surpresa: nem ter ideia da cara ou do tipo do fulano que à noite a devoraria.

Pois fosse ele quem fosse, para ela serviria.

Tinha vezes que esquecia da cara do seu amante. Era o olhar de um instante e entrava o esquecimento.

Era até melhor assim: não tendo de quem lembrar.

Muitos anos se passaram sem que nada mudasse no modo de proceder daquela moça tão bela que se dizia "da noite", como se a noite todinha fosse uma coisa só dela.

Laura era a dona da noite.

A dona dos passos tortos, a moça dos olhos mortos que ninguém na sua cidade queria ter para si, fazê-la uma companheira.

As moças por quem passava viravam o rosto pra ela, evitando olhar nos olhos da mulher feita em pecado. Até o padre, na missa, falara de Laura um dia, num sermão que foi notícia por meses, na sua cidade.

– Mas o que é que padre entende de amor ou coisas assim? Eu sou o que eu bem quiser e vai ser sempre desse modo que tudo sempre será. A noite é minha e eu sou dela.

Moça das noites perdidas por se deixar encontrar.
Moça das noites doídas, por só amar sem amar.
Moça das noites sem volta, sem porém se revoltar.
Moça doce do relvado que não chegava a molhar.
Moça de boca calada por não ter o que dizer.
Moça dita poluída por mais querer, mais querer...
...

Era sempre desse modo que a coisa acontecia.

| Uma vaca na estrada

Era um desses carros com caçamba, doutor. Eu nem sei o nome daquilo porque eu não sou muito entendido nessas coisas que andam inventando pelo mundo só pra complicar os viventes. Pra mim, até hoje, o transporte melhor que já se inventou foi o dois pés. Ainda chego ao cavalo, quando ele é marchador, mas lá sou doido de entrar num bicho de ferro, soltando fumaça, apitando, cheio de ronco e quizília? Deus que me livre e guarde. O que eu sei é que era coisa de doze e meia do dia. Aquele solzão lascado, fervendo a terra, torrando... eu estava junto da cerca da estrada quando escuto aquele barulho do demônio e um mugido. Pulo pra estrada, está feita a desgraça. A pobrezinha da rês dando o derradeiro estrebucho e o carro de caçamba com o chapéu revirado, o diabo de uma água lascada caindo lá dele, dois homens na boleia, todos dois de chapéu de aba e olho arregalado. O maior dos dois era quem ia levando o carro. Eu cuidei de dar atenção à rês, tadinha, mas já era tarde, já tinha passado pro mundo dos justos. Aí o menor, que era só um colega do outro, o dono do carro, desceu e veio ver a desgraceira fazida. Disse que tinha furado o irradiador, se não erro na palavra. O outro ficou como cão. Eu esperei ele se acalmar, deixei ele reclamar de Deus e do Diabo, quando vi que ele estava mais indolente, cheguei e disse que ele tinha de pagar a vaca morta. Pra quê? O homem pulou de lá feito o capeta. Ah, porque não pagava, porque o lugar da vaca era da cerca pra dentro, que da cerca pra fora, a estrada era estrada estadual, que eu é que tinha de pagar os arremedos que ele tinha de fazer no carro. Eu deixei que ele falasse o que quisesse falar. Quando ele melhorou, eu disse que o jeito era ele pagar pela vaca. Nisso já estava a meu lado o compadre Carlitinho, que tinha escutado o barulho, e já vinham se chegando Romualdo e Ariovaldo, que são dois irmãos que têm um roçado de milho no quilômetro 103. No que eu falei de novo que ele tinha que pagar a vaca o homem só faltou espumar. Ah, porque ninguém fazia ele pagar, que ele ainda ia protestar na capital, que o dono de vaca é responsável pelos estragos que a vaca faz fora da cerca – como coisa que vaca fosse animal que merecesse a confiança dos demais. Eu deixei. Quando ele falou o que tinha pra falar eu disse:

– Tá certo, o senhor tem razão, mas sem pagar a vaca é que não tem jeito de acomodar as coisas.

Ele já tinha deixado o chapéu na boleia do carro, o outro já estava dando com uma pedra no carro pra ver se ajeitava o bicho de jeito que ele pudesse andar e eu, por desencargo de confiança, pedi a Osório, Bié e Varão que ficassem na frente do carro, sem deixar ele sair, porque nessa ocasião a família de Revoredo, que morava assim como daqui acolá, já tinha chegado pra assistir o acontecido e tudo era gente minha amiga, gente da minha própria consideração, doutor. O menor não se metia na conversa, mesmo porque o grande segurava e não deixava. Já veio no meu rumo, com o dedo na cara, me ofendendo, me chamando de desleixado, que eu não perdia por esperar, mais isso e mais aquilo. Deixei. Quando ele parou pra esfregar um lenço na cara, eu disse que ele podia ter sua razão, mas que a vaca ele ia pagar. A pobrezinha estava um desmazelo, doutor. Uma perna pro sul, uma perna pro norte, o bucho remoído, o rabo cheio de sangue, porque eu tenho pra mim que o carro pegou ela por aqui assim, lá nela. Pois quando eu falei de novo que ele ia pagar a vaca, ele arregaçou a manga, gritou um bocado de nome feio, ficou encarnado feito romã, aí o menor chamou ele pra beira da estrada lá longe, ficaram os dois conversando e de vez em quando olhando pra nós, os vinte que tinha ficado aqui, junto do carro de caçamba. O que eles falaram eu não sei, só sei que, depois da conversa com o menor, o grandão veio já todo modificado, querendo ajeitar o assunto, já não falava mais em fazer queixa ao Governador, sempre de olho em mim e em Inacinho, que estava bem do meu lado cavucando a estrada com a pontinha da foice dele. Aí perguntou:

– Quanto é?

– Quanto é o quê? – eu perguntei.

– Quanto é que custa a vaca?

Eu aí disse que era pra tudo ficar com o dito pelo não dito, ele desse duzentos conto. O menor abriu a carteira, tirou quatro cédulas de cinquenta, contou bem umas quatro vezes e disse:

– Tome.

Me deu os duzentos, eu botei no bolso, mais com um pouco parou um caminhão, o chofer ajudou os dois, engataram uma corda no carro de caçamba e eles foram embora. Faz isso pra mais de dois meses e eu, até hoje, não sei quem é o dono do diabo daquela vaca, doutor.

As bolas de tênis

Ele desceu da favela brincando com seus amigos, fazendo graças com todos, e sempre de bom humor.

Era menino querido, menino muito gostado, sem negar a fazer um pedido por uma senhora ou mesmo por um marmanjo. Fazia só por fazer, sem visar ganhar dinheiro pelo favor que fazia.

Naquela manhã de sol ele descia a favela trazendo bolas de tênis.

Era este seu afazer para cavar um trocado lá embaixo, no asfalto, chamando a atenção dos ricos que passavam nos seus carros. Igual a ele uns duzentos espalhados na cidade.

Ficava ali no sinal e ao farol ser fechado ele se punha na frente dos carros da gente rica e fazia piruetas, os grandes malabarismos aprendidos com os mais velhos, jogando bolas pro alto e sem as deixar cair.

Jogava de três a cinco, dependendo do apetite.

Ao mostrar o malabarismo, sentia-se mesmo artista.

Ou pensavam que era fácil fazer o que ele fazia?

Havia até quem tentasse, mas sempre a bola caía.

Com ele era tudo certo, tudo dentro do padrão, tal qual o moço do circo ensinou e ele aprendeu.

Naqueles trinta segundos, os olhos dos motoristas era nele que paravam espiando o sobe e desce das bolinhas amarelas.

Então se abria o sinal e lá os carros se iam e, vez por outra, recebia uma moeda pequena, mas que se juntando às outras de um dia inteiro de lida, até que bem ajudava a levar alguma comida para a casa onde morava com sua mãe e seu pai – os dois de emprego perdido – e mais outros três irmãos menores, bem pequeninos.

Naquele momento, então, o sustento vinha dele. Ele era o que o povo chama de "arrimo de família".

Já lhe tinham oferecido um emprego no qual o dinheiro era fácil e era muito.

Era um dinheiro da droga do homem, o dono do morro, que usava a criançada nesse negócio de entrega.

Mas isso não o tentava.

Ele preferia as bolas, aquelas cinco bolinhas com as quais se exibia, era artista, se mostrava, e o que ganhava chegava pra ninguém morrer de fome.

Pronto. Isso lhe bastava.

Agora pintava o rosto tentando se maquiar como os palhaços do circo, procurando pôr no rosto uma espécie de alegria – aquela alegria triste que o circo sempre nos dá.

Punha carmim no nariz, olheiras, maçãs do rosto marcadas de branco e roxo e escondia um dos braços por dentro da camiseta, para ver se assim alguém achava que ele não tinha o braço, aquele braço, aquele que ele escondia.

Quem pensava assim mudava o dinheiro da esmola e havia até quem lhe desse uma nota de um real.

– Pobrezinho, olha só. Não tem o braço, coitado.

E essa falta de braço – bem marota, ele sabia, valia mais qualquer coisa que somente a moedinha. Tinha quase certeza de que Jesus perdoava.

Seu nome era Benedito, preto como a sua cor.

Era o Bené da Rocinha, o Bené do seu Tomires, ex-empregado da Light, mas de salário pequeno.

Trabalhava no escritório, no tempo em que trabalhava.

Ora, sem sofrer o perigo de tomar um grande choque não tinha os fartos salários do pessoal dos consertos, aqueles que encaram fios até de cinco mil volts. Empregado no escritório ganha um salário pouco.

– Para trabalhar na Light só se pondo a mão nos fios. Sem os fios é merreca o dinheiro que se ganha. Nem vale a pena. Eu lhe juro.

O pai temia muito pelo medo de Bené ser pegado por um carro, um dia, por distração.

E era mesmo bem grande o risco que ele corria. Tinha hora que o espelho da lateral do automóvel chegava a bater nele – um dia o derrubou.

Queria pedir ao filho que parasse com essas bolas, que arranjasse uma outra coisa de menor risco... mas como?

O malabarismo era tudo que Bené sabia fazer.

...

Na noite do temporal, a chuva o pegou na Barra.

Dos meninos das bolinhas, cinco foram logo embora ou procuraram um abrigo. Ele, não; ele ficou.

Foi noite de boa renda, porque ao vê-lo encharcado, jogando suas bolinhas, pessoas até chegaram a lhe dar notas de cinco. Um senhor, num carro preto lhe deu dez – uma nota nova.

Bené ficou no sinal defronte à igreja do Bispo até quase meia-noite, quando voltou para casa com o bolso carregando de vinte e cinco a quarenta.

Ele nem tinha contado.

Contar pra quê? Ora, essa. Importante era saber que a grana estava no bolso, que era tanta que ele até podia pensar graúdo. Imaginou com um tênis igual aos tênis dos ricos.

Não. O tênis era luxo que ele até dispensava. Pensava, então, diferente, em coisas ao seu alcance, nada de bater na vista, de chamar muita atenção.

Ah, agora poderia comprar aquela sandália de que tanto a mãe falava.

Bendita chuva caída para o ajudar na cata dos trocados que, sem ela, seriam uma micharia.

Bené foi subindo o morro com a água lavando o rosto, encharcando sua roupa, molhando até sua alma.

Estava de alma lavada, estava leve e feliz, estava como gostava de vez por outra estar: estava que era um sorriso.

Na viradinha do beco, na volta da rua estreita, lá no alto da favela, Bené olhou e o que viu foi tão somente um barranco.

Existia só o barranco, onde hoje cedo existia aquela casinha branca, a casa onde ele morava.

Onde morara, um dia.

Correndo, desesperado, Bené chorava e gritava, pedindo a Deus que salvasse a família que havia ali onde agora havia tão somente um barrancão; um barranco e os destroços, tão somente um amontoado de trastes, de coisas velhas, o que eles possuíam.

O pai, a mãe, os irmãos, ninguém de nada sabia. Estavam todos soterrados debaixo de um barranco – só um barranco, mais nada. Somente um barranco havia.

De toda parte, chegava uma voz querendo dar um pouco de proteção, uma ajuda pra enfrentar o que tinha pela frente.

Vizinhos, gente amiga a quem tanto ele ajudava fazendo qualquer serviço de que alguém precisava... todos agora ao lado, tentavam lhe dar a mão, falando meras palavras, dessas que não dão de volta o que por nós foi perdido.

Palavras, somente isto.

Palavras,

Frases,

Consolo.

Nada que ajude muito, mas com boa intenção, querendo mostrar-se amigo.

...

Ao ver perdida a família, pais e irmãos a quem amava, Bené com seus botões disse que em vez dos seus treze anos, tinha agora trinta e dois.

Já dava pra ser bandido.

| O tocador de tuba

Pequeno, de não se supor que fosse capaz de aguentar o peso da tuba, Zé Beiçudo era a atração principal da "Lira da Liberdade", gloriosa banda de música de Oxó. Dobrando nos domingos de coreto e enfeitando as solenidades cívicas, na execução brilhante dos hinos da Pátria, a Lira da Liberdade era o orgulho da cidade.

Sendo sócio fundador da banda, nem assim Zé Beiçudo aceitou a direção da lira.

– Quero responsabilidade o quê! Me deixe com minha tuba que já está bom demais.

Preferia a igualdade com os músicos seus colegas, e até ajudou na eleição de Melquíades para líder, escrutínio realizado na Padaria Minerva, numa noite de julho em que o Mestre Biluca, derrotado, entregou a batuta da banda a Melquíades, do clarinete, prometendo vingança.

– Sempre fui o mestre da banda. Agora inventaram essa besteira de eleição. Negócio de eleição pode ser bom pra político. Nunca ouvi falar de tocador que fosse governador. Mas eles vão me pagar.

– Biluca, não ligue pra isso.

— Não ligue? Ora, não ligue. É que não foi na sua cabeça que a cacetada desceu. Isso é uma vergonha pra mim, homem de bem, de decência. Perder, e logo pra quem? Pra Melquíades clarinete, que eu até ia dispensar.

Mestre Biluca muito se mortificou com a perda do comando. E foi obra do Zé Beiçudo sua derrota fragorosa.

Zé Beiçudo — o promotor da derrota — considerava Biluca um mestre ultrapassado. Não marcava mais ensaios, fazia a banda tocar os mesmos tristes dobrados, desafinando nos hinos, envergonhando Oxó em performances ridículas.

Na inauguração do Grupo Escolar José do Patrocínio foi de fazer chorar ouvir a banda semitonando nos acordes do Hino do Soldado Paulista, peça escolhida para ser executada logo após o Hino Nacional, também vilipendiado pelo sopro mal soprado, em virtude da eterna falta de ensaio.

— Zé Beiçudo, não é? Pois você vai ver se ele me paga ou não me paga.

— É até melhor pra você, Biluca. Você não vai mais ter precisão de ficar tomando conta de homem.

— Dirigir a banda era ponto de honra pra mim.

— Você volta um dia. Já se viu? Ficar arretado por causa de uma besteira.

— Porque não é com você. Mas Zé Beiçudo que se prepare porque nisso é que não fica.

E saiu danado, coçando a virilha por dentro do bolso.

Zé Beiçudo, além da tuba, que não lhe rendia soldo, usava os dias e as noites em trabalhos manuais. Sem ser Mestre Vitalino, usava a argila de Oxó para fazer estatuinhas, sempre muito engraçadas. Velhos sanfoneiros, cangaceiros barrigudos, porristas-garrafa-à-mão, cavalos de cinco pernas. E, por muita habilidade, fazia bruxas de pano e caminhões de madeira que os meninos de Oxó puxavam pelas ruas, trazidos pelos cordões atados aos para-choques. Nos colos das menininhas aninhavam-se as bruxas. Os bonequinhos de barro enfeitavam as prateleiras de cada lar de Oxó.

Na sua casa pequena, morava com Creusa, casados só ante Deus. Cerimônia privada, através da consciência, e não à vista dos padres. Zé Beiçudo recebia os meninos da cidade como se cada um deles (e eram tantos os que vinham) tivesse nascido ali, do bucho negro de Creusa, produzido pelo sêmen que Zé Bicudo pusera. Chamando a todos de filho, sentia-se pai de fato.

Quando os meninos saíam de casa, depois do banho, começo de entardecer, tomavam, todos, a direção do nascente, como se o sol os empurrasse à casa tosca de Zé Beiçudo. Ali, se punham ao redor do tocador de tuba e dele ouviam estórias, todas elas inventadas, cantavam belas cantigas que Zé Beiçudo ensinava, esperando o alfinim que Creusa preparava, para alimentar a tertúlia a que Zé Beiçudo acostumara as crianças de Oxó.

Zé Beiçudo, desse modo, era artista e herói. Êmulo da meninada que lhe obedecia mais do que aos pais, haja vista que, quando cada um punha obstáculo a tomar óleo de rícino, era a ele que os pais recorriam.

– Zé Beiçudo, dê um pulinho lá em casa, que Cadu não quer tomar o óleo de rícino de jeito nem qualidade.

E lá ia Zé Beiçudo ser agora diplomata, conversar uma conversinha, levando sob o braço um caminhão de madeira, que viria a ser troféu depois do óleo engolido.

— Tome seu purgantezinho que eu lhe dou um caminhão.
– Não quero.
– Tome. Não é ruim, não. Quer ver?

E ele mesmo tomava uma colher, para exemplo. Escondia a cara feia, o menino acabava se purgando sem reclamar. O pai, agradecido, ousava oferecer um dinheirinho em troca de tanta bondade. Zé Beiçudo, gentilmente, dispensava a gorjeta.

– Precisa não. Fiz isso por Cadu que anda mesmo amarelo, carente de expulsar os vermes.

Tinha feito pelo bem de Cadu, por que receber dinheiro? Voltava, depois, pra casa, correndo com as mãos no ventre.

– Creusa, prepara o penico, que eu hoje dei o exemplo.

Oxó, cidade em progresso, bem merecia uma praça com reforma pra melhor. Até um coreto novo, construído em formato de lira, foi aprovado pela Câmara e erigido com a ajuda não apenas do governo, mas da lista que correu. A inauguração do coreto já tinha dia marcado: 12 de abril, data excelsa de São Vitor, padroeiro de Oxó, com a presença garantida do Governador do Estado.

Num galpão abandonado, onde um dia estivera instalado um depósito de lenha, a Lira da Liberdade ensaiava toda noite. Melquíades, de bom ouvido, corrigiu vários defeitos. O sopro de Felismino, a embocadura de Olavo – flautista desafinado –, até Esaú (trombone) mereceu cuidado extra por parte do novo Mestre.

– Espiche mais essa vara, Esaú. Parece que tem medo que a vara caia do trombone. A nota é fá. Espichando até aí sai dó.

Cuidando até de Esaú, de quem nem a mãe gostava, Melquíades mostrava a todos o capricho que levava, tenção de recuperar o prestígio já perdido da Lira da Liberdade, que, em tempos passados, chegara a ser convidada a tocar no Rio, na Rádio Nacional.

O som já saía encorpado, mais puro. O Hino Nacional era de arrepiar paisano. Cada dobrado ou marchinha tinha som de coisa nova, um gosto assim de cajá chupado após a cachaça.

Do lado de fora do galpão, sentado no seu caixote, Mestre Biluca torcia pela desafinação. Uma nota mal tirada trazia riso ao seu rosto, como se no tempo dele aquilo não fosse habitual. Mas a nota era corrigida, o trecho repetido e depois tocado certo. Isto irritava Biluca, que chutava, num revide, o que estivesse à sua frente.

Zé Beiçudo, orgulhoso, chegava em casa cansado, mas satisfeito com o progresso da Lira da Liberdade.

— Hoje, Creusa, os meninos tocaram um dobrado que foi uma lindeza. Eu não lhe disse que Melquíades dava jeito na Lira? E sabe quem estava fora, rezando pra gente errar? Mestre Biluca, de novo.

— Oh, que Biluca é o cão do segundo livro. Querer feiura de uma coisa que é dele.

— Dele, não, que a lira é propriedade de Oxó.

— E ele não é de Oxó? Se a lira fizer feio na frente das autoridades, é feio também pra ele.

Creusa pensava direito, mas Mestre Biluca não estava se importando com Oxó nem com o Estado. Preocupava-se com a vergonha de ter sido dispensado, despedido, repudiado, excluído — como dizia Firmino, dono de um carro de praça — "pelo bem da Lira e respeito à melodia".

O dia 12 de abril caía num domingo. O programa estava pronto. Chegada das autoridades às onze horas, com um banquete no salão da Prefeitura, preparado pelas mulheres de bom tempero. 12 e 30: repouso. O descanso ia até as 15 horas, quando o Governador iria ao jogo de futebol da seleção de Oxó contra a de Apodi – intermunicipal de antiga rivalidade. Às 17 e 30, inauguração oficial da Praça São Vitor, restaurada, desmatada, de coreto bonito, em formato de lira.

– Esse formato do coreto é que me deixa lascado – comentava Hermílio. – Onde já se viu fazer coreto em formato de sentina?

– É lira, Hermílio.

– Ora, lira. É sentina. Um dia eu tomo um porre e cago nesse coreto.

O alto do coreto, enfeitado de samambaias. Ali, desde a chegada da comitiva, a banda já estaria, de acordo com o programado, formada orgulhosa, num uniforme azulão, quepe de soldado de chumbo, sob a batuta de Melquíades, clarinetista tão bom que Severino Araújo já o tinha convidado para a Orquestra Tabajara.

Festança de muitos fogos, bandeirolas de papel, meninos de roupa engomada, os sapatos fanabô alvejados com alvaiade, cabelos espichados por brilhantina Coty, orelhas lavadas com capricho pelo esfregar das mães.

Os homens e as mulheres, com o melhor de suas roupas. Os vestidos cor-de-rosa e as calças de zuarte, camisas de mandapolão, abotoadas no punho e no colarinho, chapéu de massa à cabeça, mesmo sem necessidade, porque à hora da festa o sol já teria anoitado.

Isso tudo era o que estava programado para acontecer, com alegria, no dia 12 de abril, data santa de São Vitor.

Era.

— Zé Beiçudo, dê um pulinho lá em casa, que Tindó não quer tomar o remédio.

Tindó era filho de Biluca, o ex-mestre da Liberdade, maestro destituído do seu cargo havia quase um ano.

Creusa falou que não fosse.

— Biluca não é merecedor da sua ajuda. O filho dele não quer tomar o remédio, ele que tome, pra dar exemplo. Não vá não, Zé.

Mas Zé Beiçudo não pensou nas desfeitas e provocações que por quase nove meses Biluca vinha fazendo. Pensou foi mesmo em Tindó, que, magrinho como estava, necessitava demais da poção que rejeitava.

— Eu vou, Creusa, que o bichinho precisa. Eu vou.

E foi. Foi por Tindó, diabinho bom como todo.

— Tindó, que conversa é essa? Seu pai me disse que você não quer tomar o remédio?

— Quero não, Zé Beiçudo. O remédio é ruim demais.

— Ruim é ficar doente. Bote o remédio na colher, Biluca, que comigo ele vai tomar.

— Eu não quero, Zé Beiçudo. Quero não.

Choramingando e trincando os dentes, Tindó se encolheu na rede. Foi preciso mão de obra pra Zé Beiçudo conseguir enfiar goela adentro o remédio do sarampo. Tindó acabou bebendo.

— Muito obrigado, Zé Beiçudo — disse Biluca, envergonhado.

— Ora, Biluca, obrigado de quê? Tindó não precisava tomar? Se de noite ele espernear, mande alguém me buscar, que eu venho o tanto que for preciso.

Saiu dali já chumbado. Por ter tido até que se deitar na rede na forçação do remédio, Zé Beiçudo não sabia, mas tinha pegado sarampo.

Em meio à noite acordou, com a quentura no corpo. A luz de pouca voltagem mostrou pipocas na cara.

– Zé, tu tás com sarampo.

Era só o que faltava. E já era madrugada do dia 12 de abril. Chama doutor, chama gente, não tinha mais solução.

– Não pode sair do quarto. Tinja um lençol de vermelho e cubra ele todinho. Janela, aqui, ninguém abre. O remédio é esse aqui.

Zé Beiçudo, pintado feito guiné, só pensava no coreto em formato de lira.

O dia nascia azul, o que não era novidade. A cidade enfeitada, à espera do Chefe Grande, por dentro até que chorava. De tarde, sabiam todos, a tuba de Zé Beiçudo não marcaria os dobrados, na inauguração do coreto. No galpão abandonado, Melquíades, preocupado, reuniu os tocadores.

– Sem tuba não pode ser. Então só tem um jeito. Eu toco a tuba, que treinando um bocadinho dá jeito. E Mestre Biluca rege.

Uns contra, poucos a favor. Mestre Biluca era o culpado do sarampo de Zé Beiçudo.

– Toda noite que a gente ensaiava, ele ficava no sereno, azarando nossa vida.

– Era mágoa, Quelu.

– Tava roendo nosso progresso! – exclamava, avermelhado, Misael da flauta.

– Tem razão – ajuntava Faustino do saxofone. – Fez foi catimbó. Foi aquele catimbozeiro quem arrumou essa encrenca.

Melquíades procurava contemporizar, fazer ver a todos que tudo acontecera por fatalidade. Mas cadê jeito?

— Não tinha precisão de chamar Zé Beiçudo na cada dele. Foi por querer.

— Chamou Zé Beiçudo na casa dele de propósito.

— O menino estava doente... — argumentou Melquíades.

— Ficasse doente. Ele queria era que Tindó passasse o sarampo pra Zé Beiçudo. Qualquer um, menos Mestre Biluca.

Mas não havia outro regente. E Melquíades, cabeça fresca, separando arroz e cisco, ponderou, diplomata. Fez ver a todos, no final, que isso precisava ser esquecido. Falou no bem da Lira da Liberdade e no sucesso da festa de Oxó. Citou a presença importante do Governador. Afinal, se conformaram, e Biluca foi trazido ao galpão abandonado. Recebido com frieza, mas isso não lhe importava. A batuta que Melquíades lhe punha na mão direita era cetro de reinado, troféu de ganhador.

Num canto do galpão, Faustino cuspiu de lado.

— E o safado ainda pega a banda afinada. Tem jeito, isso?

A notícia correu leve por Oxó, de ponta a ponta. Havia gente que entendia a medida tomada por Melquíades como um modo de esfregar na cara de Biluca que homem é quem toma atitudes assim, não é quem fica de longe, fazendo figa, pedindo fracasso. Mas também havia, inclusive em maior número, os que achavam isto um erro. Deolindo, então, não se conformava.

— Até perdi o gosto. A banda, com Zé Beiçudo, já não é coisa que preste. Avalie com Biluca... — e cuspia no canto da parede.

Mas, sem haver outro remédio, a mezinha era essa mesma. Já estava remediado.

O Governador chegou escondido num carro preto. As cabeças se espichavam, procurando ver o homem que, no fundo do carro, segurando na alça sobre a janela, deixava à mostra apenas a ponta do seu charuto.

O banquete transcorreu com o sucesso imaginado. Cabrito assado, galinha de cabidela, arroz pegado (tinham sido informados de que o governador tinha pavor a arroz soltinho). Cerveja comendo solta, mil frutas de sobremesa, licor de jenipapo, uma coisa por demais.

O Governador repousou na casa de Deolindo, onde até tirou um cochilo na rede alva, armada no quarto do casal. A sesta da autoridade!

No jogo de futebol Oxó perdeu. Dois a um.

Cinco e meia da tarde a banda, já no coreto, esperava pela chegada do chefe do Estado, para explodir nos acordes do Hino Nacional. Mas não havia alegria no povo postado à praça. Biluca à frente da banda a todos entristecia. Só Esaú – de quem nem a mãe gostava – mostrava-se satisfeito com a presença do mestre havia um ano exonerado. Melquíades segurava a tuba, procurando imitar o jeito de Zé Beiçudo, que a portava com carinho, como se a tuba que tocava fosse coisa quase humana, resto da sua carne.

Zé Beiçudo, no quarto escuro, só podia imaginar.

– A essa hora o carro do Governador deve estar saindo do campo, indo para a praça. Agora está passando no Mercado. E eu aqui, coberto de vermelho. De janela fechada e sem tuba. Mas Tindó tomou o remédio, já está bom ou quase bom. Entre eu e o menino, que eu fique doente, não ele. Menino é coisa especial. Não devia nem morrer, nem tampouco adoecer. E essa estória de Biluca ter me chamado de propósito é só conversa fiada. Vou lá acreditar nisso! Biluca não é cabra ruim.

Tindó é que se arreliou. Só mesmo eu indo lá é que ele tomava o remédio.

Não estava arrependido e nem chorava a ausência. Ainda teria outras chances de se pôr no coreto em formato de lira, agarrado à sua tuba, vendo a luz brilhar na boca da bicha, por onde saíam os graves, garantia do compasso da Lira da Liberdade.

– Melquíades vai tocar bem, que aquele cabra é músico até debaixo d'água. O carro do Governador já está pra lá da igreja. Mais com um pouco entra na praça e aí a lira lasca o Hino Nacional. Param-pam-tchi-pam... param-pam-tchi-pam... param-pam-tchi-pam... pam! O povo todo perfilado, sargento de mão no quepe... O Hino está tão ensaiado que tem gente em Oxó que vai botar pra chorar. Param-pam-tchi-pam... param-pam-tchi-pam...

Creusa trazia o remédio na colher de alumínio encardido.

– Que foi, Zé?

– Nada. Deixe ver o remédio que eu engulo logo isso.

– Tome...

Ele sorveu o remédio escondendo a cara feia. Podia ser impressão, mas Creusa achou que havia uma lágrima querendo fugir pelo canto dos olhos do tocador de tuba.

O carro do Governador brecou no ponto marcado. Sob as palmas da cidade e o espocar dos foguetes, o Governador e a comitiva passaram pelo corredor que as meninas do Grupo Escolar formavam, braços esticados, portando bandeirolas que se encontravam no alto, quase a fazer um túnel, obrigando a autoridade a andar meio curvada para não cabecear as flâmulas de papel de seda.

O Prefeito indicou ao Governador a cadeira principal e se sentou ao seu lado. Discretamente fez um sinal ao Mestre Biluca, que, imediatamente, deu as costas para a praça e ergueu os dois braços aos músicos, num sinal de atenção.

O silêncio que se fez continuou por segundos. Daí, Mestre Biluca desceu os braços para o acorde. A Lira irrompeu no Hino.

– Param-pam-tchi-pam... param-pam-tchi-pam...

E daí não passou. Ouviram-se, a seguir, sons idiotas, sem sentido, sem explicação. Foi tudo muito esquisito, tudo foi muito estranho. O Governador por um tempo tomou por pilhéria. Chegou a levantar. O Prefeito, encarnado, fuzilou Mestre Biluca com olhar de cascavel. O Mestre abriu os braços num desconsolo mortal. Os músicos de azul e quepe fechavam os olhos, cara franzida. Mestre Biluca repetiu o gesto de ataque ao Hino, mas nem o "param-pam-tchi-pam..." se fez ouvir.

O Governador gritou: "Que brincadeira é essa?". Mestre Biluca largou a batuta declarando-se vencido, à imperícia do maestro.

Todos sem entender.

Da coisa só sabiam os meninos de Oxó, que, em sua totalidade, exceção de Tindó, estrategicamente colocados na primeira fila do povo, inocentemente fitavam os músicos, chupando tamarindo.

| O cachorro

Primeiro houve um derrame que a deixou tetraplégica.
Tinha mais de oitenta anos e morava com o marido num apartamento enorme na Rua Dias da Rocha.
Quando jovem, fora miss num concurso inexpressivo, mas isso bem que mostrava o quando havia sido uma moça bem bonita.
Seu nome era Inesita, mas não por ter sido sua mãe fã incondicional de uma cantora paulista.
Não.
Achava mesmo que o seu Inesita era anterior ao da moça que cantava as canções do mundo dos caipiras.
Inesita conhecera seu marido (Adamastor) num carnaval do passado, lá pelos anos 50, num baile do Botafogo, naquele tempo em que a sede do clube funcionava.
Adamastor trabalhava numa firma empreiteira que agora estava agindo na construção dos prédios da Vila que serviria para o Pan-2007.
Por já ter mais de oitenta e demonstrar estar cansado, Adamastor recebeu um aviso do seu patrão para se deixar ficar em casa, sem fazer nada.

Até mesmo o seu salário o patrão o mandaria por um intermediário, mas não mais queria ver Adamastor pelas salas, catando o que fazer.

Já muito ele fizera pelo decorrer da vida e agora era chegada a hora do seu repouso.

O repouso do guerreiro – como ele denominava.

...

Pois foi justo nesse dia que a mulher teve o derrame.

Num táxi ele a transportou ao Hospital Miguel Couto onde um neurologista que lá estava de plantão deu o caso por perdido.

– Já nada pode ser feito.

Ele disse e se afastou.

Adamastor, ainda assim, com este ponto de vista emitido pelo médico, ficou quase meia hora olhando o corpo da esposa travado, paralisado, mal movimentando o olhar.

Um enfermeiro o ajudou a colocá-la num táxi e ele a levou de volta para o prédio onde moravam na Rua Dias da Rocha.

O porteiro a pôs no ombro e quase sozinho a trouxe até deixá-la na cama, deitada, petrificada.

Adamastor disse ao moço um leve "muito obrigado" e então pôs-se a medir o que tinha pela frente.

E quando a sua Inesita quisesse ir ao banheiro?

E os seus banhos, Senhor Deus?

E para a troca de roupa, com Inesita pesando perto de cento e dez quilos?

O cachorro parecia que estava entendendo a grande dificuldade em que o casal se encontrava.

Não latiu, nem fez a festa que lhe era habitual.

Até se pôs arredio, como no aguardo das coisas.
Pra ele, o que sobraria depois de tudo já calmo?
Então começaram as coisas que tudo piorariam.
Uma dormência na mão que foi subindo no braço, uma dor premindo o peito, a grande falta de ar.
– Jesus, eu estou enfartando.
E estava mesmo.
Era um enfarte.
Ele já caído ao chão, arrastou-se até a janela e tentou erguer seu corpo para gritar por socorro.
Tentou com todas as forças e nada, nada conseguiu.
Adamastor logo cedeu e se deixou no assoalho, sabendo que só a morte poderia lhe chegar.
O cachorro então saltou, e ali no parapeito daquele terceiro andar, latiu por trinta minutos até fazer com que alguém entendesse: ele pedia algum tipo de ajuda.
Quando os bombeiros entraram e viram a triste cena, tentaram achar o cachorro que salvara as duas vidas.
Rex estava lá embaixo, caído no pátio interno porque, por tanto latir, tomou-se de uma tonteira que o fez perder o prumo.
Caiu, desequilibrado, morrendo na mesma hora, mas com os seus donos salvos.

| China gorda

Começou com o sermão do Padre Cecílio Reis. Uma conversa comprida, falando de Nosso Senhor não gostar de mulher dama. Ora, se o filho de Deus lá se importa se a mulher é de dar isso ou aquilo em troca do de comer! Mas o padre, no altar, de olho arregalado e pescoço engrandecido pela jugular crescida, caiu de relho nas quengas. Porque não tinha cabimento a existência de mulheres de vida chamada airosa numa cidade cristã como era Gamexina. E falou de pudicícia, de desfamiliarização, antessala do inferno. Citou o nome de Roma, invocou o próprio Papa na campanha, agora clara, de exterminar, de uma vez, a Pensão Riso da Noite, refúgio de vagabundos, e mais isso e mais aquilo – no pensar do Reverendo.

– Gamexina é terra boa, é canto de gente pura, não é lugar de prostíbulo.

Deixa estar que a falação do Padre Cecílio Reis só tinha boa acolhida nos ouvidos femininos. Os homens só aprovavam as grandes queixas do padre para não criar atrito com suas nobres esposas. Por dentro, cada um deles cruzava os dedos em figa, pedindo para a campanha não conseguir o sucesso que o padre pretendia.

A Pensão Riso da Noite – assim batizada em cópia a outras de igual comércio – era, então, mal defendida. Ninguém gritava às claras "deixa a pensão onde está". Só nas conversas escusas, sem mulher participar, havia quem defendesse o não fechamento dela – certeza de prosseguirem os noturnos divertimentos, principalmente nos sábados, quando vinham até turistas de Refuginho, Novo Icó, Madre Júlia, Outra Banda, vilas avizinhadas, que, por serem menores, tinham ainda o progresso de possuir putas próprias.

Pois bem.

Depois do padre atiçar, a fogueira pegou corpo. Dr. Severo Gonçalves, homem benquisto e acatado, proprietário de terras, de carro de aluguel, sócio majoritário da Farmácia Santa Rosa, estendeu a mão ao padre na ajuda de eliminar a Pensão Riso da Noite. Extinção ao lupanar! – falava quase num grito, no lugar onde parasse. Aí o doutor Juiz, por nome João Vilasboas, engrossou com sua voz a corrente que aumentava contra a casa das mulheres. O escrivão, muito mais por defesa do emprego, foi outra voz a nascer na acusação do pecado. Um dia, o muro da escola amanheceu com a frase escrita de lado a lado: "Fora com mulher-dama". Só o doutor delegado não tinha pronunciado o seu de acordo ao fato. Ficava no escutamento dos protestos e libelos, mas não dizia um sim nem murmurava um não.

– Doutor, a cidade está numa fervura que só mesmo chuva grossa pode acalmar o povo.

– Por quê, Pintinho?

– A pensão, doutor. Cada dia tem mais gente querendo botar a casa abaixo.

– É. Eu tenho ouvido qualquer coisa.
– Diz que o doutor Juiz vai escrever pro Governador pedindo uma providência.
– Deixe ele escrever, Pintinho. A mão é dele.
Pois bem.
A Pensão Riso da Noite tinha uma coisa ruim: ficava mesmo na rua que ia dar no mercado. Se fosse mais retirada, já no rumo da estrada, caminho pra São Crispim, talvez nem ganhasse gritos e tanto esbravejamento. Mas o diabo da Pensão era uma casa de rua, pleno centro da cidade. O ajuntamento dos homens mijando no calçamento, molhando pé de parede com a urina do depois, era achado um descalabro. E tome janela aberta com as sombras na parede desenhando as coisas feias que se passavam no quarto. Na casa justo defronte morava Naná Feitosa, viúva do velho Aruba, ex-sargento devotado do nobre destacamento. Pelas frestas da janela Naná Feitosa ficava querendo adivinhar a nojentice passada no quarto de China Gorda, a meretriz mais antiga, fundadora da pensão.
– Só largo o serviço quando morrer.
China Gorda, quenga e dona, tanto bem tomava conta, como bem se havia no leito. Era, dentre todas elas, a mulher mais procurada. A banha lhe arredondava, mas o sorriso comprido, aberto orelha a orelha, quase fazia esquecer a gordura avantajada. Diziam que era *cheinha* os fregueses optantes pelos carinhos da gorda. Vinte e cinco por cabeça era o preço cobrado e, em dia de pagamento, China Gorda faturava seus duzentos e cinquenta, tirante a comissão que cada uma entregava pelo uso da pensão. Cada macho meia hora, se passar paga dobrado – era assim determinado e não tinha mais conversa. Isso, fora o

aluguel. Na Pensão Riso da Noite moravam nove meninas. As idades variavam. Iam de quinze a quarenta, idade de China Gorda, que emputeceu no Recife, formou-se em Salvador e ganhou aperfeiçoamento na Rua Alice, no Rio.

– Sou quenga internacional!

Era assim que se gabava. Contava de gente ilustre com quem se tinha deitado. Seu Fulano, Seu Beltrano, Dr. Sicrano de Tal... Falava de magistrados, de políticos famosos, artistas, gente de trato, narrava feitos vividos, cheia de orgulho e de pose, com gargalhadas abertas entrecortando o contado.

– Sou quenga internacional!

Pois bem.

No sábado, em fim dos trabalhos, foi feita a reunião na Pensão Riso da Noite para decidir a questão. O que podia ser feito pra evitar o fechamento da casa da China Gorda. Participaram do evento os habituais fregueses: Geraldo do Nascimento, Seu Tió, de Refuginho, um inspetor do Liceu em Madre Júlia, Socó, o soldado Zé Ubaldo – esse muito escondido –, Feliciano ferreiro, jovens de Outra Banda – quatro irmãos, se não me engano. Geraldo do Nascimento, chofer de carro de praça, que tentara o admissão por ser o de mais cultura, foi o primeiro a falar.

– Não podem fecharem!

Palmas. Mas palma não é solução. Podiam ralar as mãos batendo palmas dez anos, que isso não resolvia o fim da pensão ou não. Precisava ser achado um meio de liquidar com a pretensão dos mandantes.

– A culpa é daquele padre, que quer ser Nosso Senhor.

– Ele disse domingo passado que no domingo que vem vai dizer na missa o nome dos homens que vêm aqui.

— Taí. Domingo minha mulher não sai de casa — comentou Socó, exibindo no sorriso o dente remanescente.

Risos. Mas riso não é remédio. Podiam estalar a cara se rindo por uns dez anos que isso não resolvia o fim da pensão ou não.

— A pensão é do povo!

— Não venha com comunismo — reclamou logo o soldado. — O caso não é político.

— China Gorda vai ficar, quer eles queiram, quer não.

Vivas. Mas viva só não dá jeito. China Gorda começou a mostrar preocupação. Aquele sábado provava que estava certa ao pensar que tudo já caminhava pra triste desenlace.

— Que dia é hoje?

— Dia 2.

— O pagamento saiu e quantos vieram aqui? Uns 15 gatos-pingados. Nem a quenga — moça nova — que eu trouxe de Aracaju arrumou dobra de ato. Só foi pro quarto uma vez. Veja eu que hoje à noite ganhei o quê? Setenta e cinco. Foi noite de prejuízo.

De fato. Além da casa vazia, uma desanimação que parecia velório. Cadê a risadaria, a pedição de bebida, a dançaria da noite, ao som da vitrola antiga, onde Waldick cantava? Foi noite de prejuízo. China Gorda estava certa. Frequência diminuída era sinal da campanha estar fazendo sucesso.

— Bando de homem fresco. Quem tem medo da mulher devia cortar a rola.

— Mas China Gorda...

— Tudo frouxo. Gamexina é terra fêmea, onde homem só é homem no escrito da carteira. Com exceção pra vocês,

que têm a rola na frente e não é só pra enfeite. Eu vou fechar a pensão e me mudar pra Belém.
— Protesto. Não faça isso. Pedidos. Vá pra mais perto. Uma lágrima correu pela gola do soldado. Geraldo do Nascimento, corrente presa no cinto, rodava a chave do carro com cara de extrema-unção. O inspetor do Liceu disse uma frase em latim que ficou sem tradução, porém ouvida com ouças de grande consternação. Nem ele próprio sabia o que havia falado.
— Isso passa, China Gorda.
— Eu vou fechar a pensão.
— Deixe estar que isso passa. Amanhã o padre vê que a pensão não é pecado e para de falar.
— Aquele padre me paga!
— Tome um copinho d'água com açúcar e vá se deitar.

Seu Tió, de Refuginho, tentou de um modo e de outro, mas China Gorda insistia em acabar seu comércio.
— Vou fechar, Seu Tió. A gente é direita, faz o trabalho sem barulho, nunca tive um reclamo da vizinhança, homem algum pegou doença do mundo com nenhuma das meninas, sirvo Lisofórmio à vontade, não é só aos bocadinhos como faz Suzy do Crato, como faz a maioria. É preciso sabonete? Tem sabonete Dorly! E a paga é o que se vê. Só não me chamam de puta porque aí era demais. A reunião tá encerrada.

Todo mundo saiu triste, olho enfiado no chão, cada qual no seu caminho, cada um querendo achar um jeito de evitar o fechamento da casa que tanto de bom trazia. Só ficou mesmo o soldado José Ubaldo Vergara, que, usando do prestígio que o destacamento dava, ainda tentou ganhar uma coisinha de graça.

— Não se importe não, China Gorda. Venha. Vamos dar uma no amor.

— No amor vai sua mãe. A reunião tá encerrada.

Pois bem.

Foi no dia 3, por volta das 12 horas, que o caminhão encostou pra levar os possuídos de China Gorda e as meninas.

No outro lado da rua tinha gente enfileirada observando a mudança da Pensão Riso da Noite. Vez por outra, uma voz se alteava em protesto.

— Isso é um crime perpetrado contra a macheza local!

Vozes contra, vozes pró, o caminhão foi se enchendo. Onze camas, onze armários, onze urinóis de louça, quarenta e quatro lençóis, uma caixa de farmácia, com cheiro de Lisofórmio, uma grosa de Dorly, onze cruzes com o Senhor, pois as camas, cada uma, por cima da cabeceira, tinha o seu crucifixo feito de jacarandá por um artista baiano. A tristeza da mudança era tanta, tão comprida, que até bateu lagrimada, na casa mesmo defronte, onde a viúva de Aruba, a decente Naná Feitosa, rejeitou o de comer, só beliscou a rabada. O soldado Zé Ubaldo foi destacado pra ver como tudo se passava. Ironia do destino. Ele, que tanto gozara nas sabatinas noturnas, era hoje encarregado de vigiar a mudança, evitar o palavrório, não deixar que nome feio fosse gritado ou dizido. Ubaldo, de pé, na porta, suspirava e se moía vendo saírem os teréns que até ontem enfeitavam a Pensão Riso da Noite.

— É doloroso... é doloroso — falava quase em resmungo, com medo de ser ouvido.

Depois da mudança em cima foi que encostaram os carros. Geraldo do Nascimento, na boleia do seu Dodge, e um outro, um Chevrolet por ele próprio arranjado. Então saíram as mulheres. Cabisbaixas, sem pintura, diferentes do de noite, quando a cara parecia rebocada de encarnado. Nos olhos, somente os olhos, sem azul ou esverdeado. Cada uma num vestido igual ao das moças todas, sem a saia lá em cima como em hora de serviço. Até mesmo China Gorda vestiu roupa de carola. Aquele vestido preto era luto que botava pela morte da Pensão. Antes de entrar no carro, olhou à volta da rua. Cada olho que encontrava os olhos de China Gorda saía leve e ligeiro procurando o meio-fio. Ela espiou tudo em roda. Viu caras que conhecia, viu homens com quem deitara, viu mulheres que sabia que existiam, só de vista, viu Zé Ubaldo, o soldado, de rifle e de cassetete, todo aquele povaréu testemunhando o evento, aí deu uma gargalhada e gritou, num tom tão alto que Gamexina inteira só não ouviu se não quis.

– Umas vão, outras ficam!

Pois bem.

Antes de China Gorda ter ido pra Gamexina fazer comércio pra rola, os escuros da estação eram muito habitados pelos jovens da cidade. Pro lado do cemitério, onde as árvores encopadas proíbem a entrada da lua, também havia os casais que se achavam e se esfregavam sem respeito à morte ao lado. A grande sem-vergonhice que Gamexina ostentava acabou. China Gorda, desde o dia em que alugara a casa do falecido Raul da Mota Alencar e que abrira a pensão, os escuros da estação voltaram ao velho silêncio dos tempos de mais pudor. O muro do cemitério nunca mais foi frequentado. Mas com o fim da pensão voltou tudo ao de antes. Era noite de quermesse o que a estação parecia. Em cada banco um casal, quatro ou cinco no oitão, havia os que pulavam a janela de Horácio, o radiotelegrafista, e ficavam lá na sala se ajuntando e se engolindo. No capinzal bem em frente os pares não se contavam. Tanto evoluiu a frequência à estação que o Juiz de Direito tomou a resolução que julgou ser mais correta.

— Escreva pra China Gorda e diga que a Pensão pode ser reinaugurada no dia que ela quiser.

— É assim, doutor juiz?

— É assim, sim, escrivão. Se a coisa tem que ser feita, que seja profissional.

Foi uma festa em Gamexina. Mesmo as mães das amadoras, que antes tanto brigavam querendo morte pras quengas, agora até se propunham a ajudar na limpeza da Pensão Riso da Noite. O Padre Cecílio Reis passou a voz solitária no protesto e no repúdio. Naná Feitosa rezou uma novena de maio, agradecendo à graça que julgou ter alcançado por força da sua reza. A pensão estava de volta, não com nove, mas com quinze abaixo dos trinta anos. China Gorda, agradecida pelos desgostos passados, reapareceu vistosa num vestido de babados. Pensaram em realizar, no dia da pré-abertura, uma noite especial, com autoridades presentes.

— É demais — ponderou o prefeito.

— Pelo menos um de nós pode cortar a fita simbólica.

Cortar a fita, sim, é uma atitude cívico-política.

Um conjunto regional foi contratado em Geremoabo para abrilhantar as danças por uma semana, e a pensão passou a servir refeições. Gamexina retornou aos dias de fausto sexo. Ninguém mais virava a cara para qualquer

das meninas, que chegaram até ao ponto de receber convites para os bailes dos domingos no clube de Gamexina.
Pois bem.
Vendo tudo nos lugares, notando as coisas nos eixos, Naná Feitosa vibrava com o sucesso sempre crescente da Pensão Riso da Noite, mesmo nome da pensão que ela outrora frequentara na cidade de Penedo.
Virou puta como eu, mas debaixo do meu olho, pra não virar uma perdida, não se danar pelo mundo só fazendo o que é besteira.

| Bigode

Nascido e criado em Olaria, em casa de alvenaria que já pedia socorro, pelo reboco caindo, pintura se dissolvendo, problemas mil no telhado, um jardim deteriorado sem ter sequer uma flor... uma casa sem cuidado, sem ninguém pra tomar conta, deixando canos furados, portas que já não fechavam, um desleixo sem tamanho... o dono daquela casa era um homem que sofria, sentindo-se abandonado, alguém que ninguém amava, pois estava sempre mal, piorando a cada dia.

Tinha vivido amigado por cinco lustros de vida com uma mulher do morro das que menos se cuidavam. Gorda, de dentes ruins, rosto tomado de espinhas, uma voz que parecia ser de uma dama da noite, pela rouquidão que tinha.

E era das que bebiam.

Volta e meia, embriagada, dava escândalos na rua, aos gritos de palavrões, xingando a gente vizinha.

Todo mundo a perdoava por ela ser de quem era, já que ele era querido, um homem de quem ninguém tinha "isso" pra falar.

Era figura manjada por todo o povo do bairro e até reverenciado pelo amor que ele doava com fervor à criançada.

Estava nisso a salvação, pois era grande o carinho dedicado à meninada que por ele era louquinha.

Inventava brincadeiras, jogava até futebol com latas marcando o gol e ele ali, de goleiro.

A mulher morreu matada por uma bala perdida numa briga da polícia com o pessoal da droga lá pros lados do Alemão.

Graças à subscrição que fizeram pelo bairro ela pôde ter enterro sem ser o da cova rasa.

Do que dia em que ficou só para o adiante dos dias, de bom ele melhorou naquele assunto em que era um craque: a criançada.

As mães então o olhavam com outro tipo de olhar, naquela história famosa que o povo sabe de cor: quem num filho dá um beijo, adoça a minha boca.

Tinha por nome: Erasmo. Erasmo Silva dos Anjos, nascido na Bariri, junto ao campo do Olaria.

Mas a verdade completa é que ninguém o chamava de Erasmo – era Bigode.

– Bigode! – gritavam todos que com Erasmo cruzavam nas vezes em que ele saía pra fazer nada na rua.

Vivia da caridade de uma ou outra senhora que sempre mandavam algo para o almoço e o jantar.

Era assim que ele levava sua vida: por levar.

– Bigode! – lá vinha um grito de quem passou numa van.

– É a mãe! – ele dizia, por odiar o apelido que carregava com ele e que sempre esperava que um dia fosse esquecido.

Quem sabe até amanhã?

– Bigode! – berrava alguém sem intenção de ofender ou nem mesmo magoar, porque ele era gostado, era pessoa querida e o apelido gritado era quase um cumprimento, era uma demonstração de que ele era mesmo um cara quase que amado.

Pais e mães reconheciam sua importância no bairro, pois ele era um guardião dos filhos com quem brincava. E era na brincadeira que ele ia ensinando o que era certo e errado, corrigindo algum defeito, evitando que falassem nomes de baixo calão.

– Palavrão é coisa feia e quem fala palavrão nunca vai chegar ao céu!

Houve um tempo, no passado, em que Erasmo tentou ser um profissional e jogar no Olaria e num futuro, quem sabe (ele muito mais sonhava) em jogar no Fluminense.

Jogar no seu tricolor, ter o seu nome gritado em todo o Maracanã pela galera inteirinha.

"Ô... ô... ô... Fica friínho. Quem tem Bigode não precisa Ronaldinho."

E ninguém pense que ele pensando isso pensava em algo inatingível.

Inatingível por quê?

Era mais do que possível ele vir a ser chamado para uma prova, um teste e depois ser aprovado e merecer um contrato.

Um contrato, por que não?

Ele tinha até o direito de imaginar que um dia podia jogar, podia de beque no Fluminense e, depois, na seleção.

Mas isso ficou lá longe, distante, na sua vida.

Erasmo hoje, coitado, era um homem diferente do normal das criaturas.

Falava, com grande esforço, frases que nada diziam, coisas que não completavam um pensamento sequer.

Dizia palavras soltas e, se formava uma frase, era frase decorada, com aquela ensinando a não falar palavrões. Mas o certo, o verdadeiro, era dizer que o Bigode já não se organizava para emitir um conceito, dar sequer uma opinião. Nada.

Com as crianças em volta, sentado numa mureta, Erasmo contava histórias que inventava e esquecia, pois as coisas que dizia, no seu falar arrastado, eram coisas sem sentido, nada, nada decorado.

As crianças o escutavam porque muito elas gostavam do jeito de ele falar. Elas achavam engraçado aquela língua engrossada que parecia o motivo de Erasmo se atrapalhar.

Depois que as crianças iam de volta pra suas casas, Erasmo então caminhava a esmo, sem rumo certo, ouvindo os gritos:

– Bigode!

Para que ele gritasse:

– É a mãe!

Só para isso; mais nada.

Quando a noite começava a escurecer Olaria, ele voltava pra casa e então via o que havia pra comer na refeição.

Paulinho, o sacristão, às vezes o acompanhava e era quem o ajudava até mesmo a tomar banho.

Erasmo rezava baixo pra poder rezar direito, a reza que por milagre não havia esquecido depois daquela semana em que foi preso, acusado de haver cometido um roubo.

Por causa dessa semana em que foi interrogado por um detetive bravo, cheio de força e ira, que o pegou num quartinho e forte soltou-lhe o braço, foi que ele ficou assim.

Foi tudo pela semana e o jeito destemperado daquele policial querer que ele confessasse um crime não cometido.

Oh, vida, que não consegue definir direito as coisas.

Essas coisas que ela mesma é que faz acontecer.

Bigode foi sempre bom, direito e muito decente.

Nunca ele foi dessa gente que rouba, furta, afana, sequestra, mata, estupra, comete grande pecados, forma quadrilha e assalta as casas de gente rica.

Bigode era o oposto disso.

E aquele policial que fez dele o que bem quis nunca entendeu nada disso.

Bateu, bateu e bateu. Colocou-o em pau de arara, deu choque no seu testículo, o enfiou na banheira fingindo que o afogava, deu bolo de palmatória, surra com fio de aço, bateu, bateu e bateu para Erasmo confessar o crime não cometido.

Pois foi a surra sofrida na mão de um policial quem fez Erasmo deixar de ser o homem que era e passar a ser assim: aquele trapo de gente.

Mas ele não confessou. Não confessou e nem podia, pois o crime era de outro que ele nem conhecia.

...

Crime mesmo foi aquele que o polícia cometeu.

| Flagrante

Está certo que ela tivesse lá a sua razão, não vamos discutir esse ponto, mas razão é como terra: tem limite. A minha acaba aqui, aqui começa a do senhor; a do senhor acaba acolá, acolá começa a do vizinho. É assim que eu acho que é. A não ser o caso de uma grande autoridade, um padre da igreja, um alto funcionário, um senador, um capitão do exército, um professor, aí o caso muda de figura, é gente de razão dilatada. Mas não é o meu caso nem o caso de qualquer borra-botas como eu. Tirando as autoridades, o resto é a mesma coisa, tem razão medida. Foi por isso que eu me danei quando ela entrou aos gritos. Primeiro que eu não gosto de grito, segundo que eu não sou ladrão de feira para escutar aquele palavreado. Queria que o senhor visse. Parecia uma quenga, doutor, uma quenga, cagada e cuspida. Pra acreditar, só se o senhor estivesse lá escutando. Começou me chamando de safado. Isso é sistema de tratar um macho? Macho é macho, safado é o cavalo do cão. Dei vinte e dois anos de vida pra aquela mulher, doutor. Vinte e dois anos são vinte e dois dias? Vinte e dois anos contados, sofrendo juntos, gozando juntos, os dois sempre ali, tanto no serviço quanto na quermesse. Ah, a quermesse. Pergunte quantas prendas eu comprei pra ela. Só bibelô de louça, mais de três. Um jogo de xícaras, um coelhinho de porcelana que ela tem até hoje na penteadeira, uma caixinha de talco que ela nem usa, guarda como lembrança. Compadre Otaviano estava com a gente na quermesse e chegou a me dizer: homem, tu mata essa mulher de tanto luxo. Mas não olhei despesa nem exagero. Ela gostava, eu sacudia a argola e dizia: é seu. Um homem faz o que pode e o que não pode por uma mulher, e é pra isso? Diga, doutor, é pra isso? É pra ela entrar e já começar chamando de safado? Safado... Safado é o pai dela, que botou ela no mundo sem ninguém pedir. Safado é o pai dela e toda a família dela, me desculpe falar assim. Mas foi de safado que ela me chamou. Não tiro sua razão, não tiro porque eu sou justo. Eu sou pelo direito. Ela entrou, me viu com Carolina, ficou espritada. Sei que lhe doeu na testa, está direito. Mas por mais que a testa doesse, ela não tinha o direito de me chamar de safado. Um homem que deu vinte e dois anos de vida ali, na sua banda, se cobrindo com o mesmo lençol, muitas noites dividindo a mesma rede, merece distinção de tratamento, o doutor não está de acordo com o meu pensar? Mas foi assim que ela entrou: safado e mais isso e mais-não-sei-quê. Imagine se compadre Otaviano, que tinha me emprestado a casa, estivesse presente. Ia pensar que eu sou um frouxo, que sou levado de rédea curta pela mulher, que ela me manda e nem sei mais o que ele pensava, e pensava no seu direito, porque uma mulher que manda nele. Mas eu fiquei calado. Seu safado! – Eu, calado. Danado por dentro, mas não dei um pio. Você aí com essa sujeitinha! – Veja o modo de chamar Carolina. A pobrezinha se tremia. Agarrou-se no meu braço, puxou o lençol pra se cobrir, morta de vergonha, e ela de lá sapecando tudo que era nome feio que conhecia. Até de meretríssima ela chamou Carolina, pessoa que sempre tratou ela com muita educação e respeito, disso eu sou testemunha. Mas eu, calado. É assim que você vai trabalhar até mais tarde, seu safado? Nesse ponto ela tinha razão, porque eu, pra poder carregar Carolina pra casa do compadre Otaviano, como a gente tinha tratado no dia do batizado do filho de Eulógio, tinha falado pra ela que tinha um bocado de coisa atrasada pra ajeitar na farmácia e precisava trabalhar até mais tarde. O doutor entende? Podia passar tudo pela minha cabeça, menos que ela fosse conferir. Ela nunca foi mulher de conferição, doutor. Eu dizia hoje é dia 15, ela acreditava, eu falava é quarta-feira, ela nunca duvidou, eu dizia vou a Garanhuns, ela até fazia minha mala. Mas nesse ponto ela tinha razão, não vou dizer que não tinha. Mas também tinha culpa e muita. A obrigação da mulher é acreditar na palavra do marido. Não sou nenhum camumbembe para merecer espiação, sou? Ela não tinha nada que ir ver se eu estava trabalhando ou não. Eu disse que estava, pronto, acabou-se. O que ela tinha que fazer era ficar em casa, esperando eu voltar da farmácia. Mas não. Foi me procurar no serviço, eu não estava, ela saiu me procurando. Procura aqui, espia acolá... também eu devia ter botado o diabo da bicicleta dentro de casa. A besteira foi deixar a bicicleta no alpendre. Quem passasse na rua via a bicicleta com a maior facilidade, porque na cidade do Recife, todinha, a única bicicleta com escudo do Ibis no selim é a minha. Foi a desgraça da bicicleta que me denunciou. Ela nem bateu na porta. Veja a educação. Chegou e foi entrando na casa do compadre Otaviano como se aquilo fosse o cu-de-mãe-joana. E aí, como já lhe contei, tome safado pra cá, safado pra lá... safado e adulto. Foi assim que me chamou: adulto. Mas eu, calado. Carolina se vestiu debaixo de descompostura. Tadinha. Chegou a chorar. Quando eu vi Carolina chorando, o doutor não imagina o ódio que me deu. A vontade foi pular da cama, vestir a cueca e sair dando nela. Não dei nela, doutor, porque eu sempre tive muita consideração por mulher do sexo feminino. Isso minha mãe me ensinou quando eu era desse tamaninho e eu nunca me esqueci. Deixei que ela falasse, ela falou, ofendeu, maltratou e foi-se embora. O senhor tinha que ver, doutor, o jeito como bateu a porta. Parecia um deputado. Tabão! Bateu a porta e foi-se embora. Desse dia pra cá, nunca mais me dirigiu a palavra. Entro em casa, é como se entrasse um cachorro. Me deito, digo boa noite, ela me vira o cu por resposta. Eu, quieto. Estou só esperando. Um dia ela perde o orgulho e, na mesa, me pede: passe aí a farinha. É quando eu aproveito. Ah, falou comigo? Pois agora me diga: quem era aquele cabra de costeleta que estava com você debaixo da mangueira na Festa da Mocidade?

| Mazelas da vida

Doutor, eu não sou doutor, como o senhor mesmo sabe, porque isso é uma coisa que ninguém não ignora. E nem eu faço questão que me chamem de doutor. Eu sou o João Milagreiro no dizer do povo todo, mas milagreiro é demais, porque milagre eu não faço. O que eu queria, doutor, é que o povo me chamasse era de João Rezador. Eu nunca fui na escola pra fazer aprendizado como gente de dinheiro, esse povo da cidade que tem pai de ouro farto. Aqui, na nossa pobrença, não se pode ir muito longe. Muita gente aqui na vila era capaz de aprender a fazer bomba de guerra se nascesse com direito de estudar numa escola. Eu fui um que não estudei. Mas, por ser filho de Zefa – Dona Zefa Rezadeira, de quem nesse interior não tem quem não saiba dela –, eu entendo uma coisinha das mazelas dessa vida. Sem estudo. Experiência. A experiência é que ensina onde dobrar o caminho. Veja um cego numa estrada. A estrada dobra à direita, pra direita o cego vai. Ele está vendo a estrada? Nada. Vai na experiência. É decorando, doutor, que a gente aprende os mistérios que a vida tem pra ensinar. O que eu sei é decorado, dobrando na curva certa, não trepando em morro errado, vendo, ouvindo e atentando pra tudo que a mãe fazia. Curo espinhela caída, sei tirar um mau-olhado, não tem acesso de tosse que não se cure comigo. Pra quebranto, então, sou rei. Faço um chá que cá eu sei (o chá de Dona Zefinha) e o cristão, num segundo, está curado e bulindo. Já peguei menino tido como morto por doutor e com cinco rezas santas e umas folhas no banho deixei o bichinho bom. Seu Pascoal só está vivo porque rezei quatro noites quando ele teve a cólica. Foi serviço, mas curei. O homem estava amarelo, o bucho por acolá, parecendo mulher grave. O cheiro da boca dele não tinha suportação. Chega até me dar engulho quando eu me lembro do cheiro. Seu Pascoal abria a boca, era esgoto que se abria. E a barriga? Sempre viva, um carcomido por dentro, um rebuliço no estômago, como ele mesmo conta, que a vontade do homem era dar cabo da vida, pular na roda do trem, se afogar no sumidouro do Açude das Mercês. Foi serviço, mas curei. Dona Chana teve filho com um doutor de colégio e o menino, com seis dias, não chorava, não dormia, não bebia nem o leito do peito da preta Horácia. Parecia um retrato, deitado leso na rede, aquele olhão parado, esperando mesmo a hora de passar para melhor. Dona Chana fez de tudo pro menino tomar tino. Se pegou com a Imaculada, prometeu reza comprida num espaço de onze anos, acendeu vela de cera, andou pelos catimbós, cadê que tinha melhora? Dona Chana ficou doida. Tinha tido sete filhos e todos sete comigo. Salustiano, Geroldo, Emanuel, Rosalina, Júlio Afonso, Petronilho, Marianinho, e os sete estão por aí, taludos. Petronilho, inclusive, jogou no Ferroviário e eu batizei, é afilhado. O que era que ela queria? Se eu aparei todos sete e os sete foram direitos, eu não tinha que ser chamado no nascimento do oitavo? Resultado: Seu Vergara achou que era mais certo agora chamar um doutor. Eu me importei? Nem um pouco. Eu fiquei foi bem do meu esperando o resultado. Foi a desgraça, doutor. Pro menino, a bem dizer, faltava só o enterro, porque tinham como morto, sem coisíssima nenhuma que pudesse dar direito de alguém chamar de vida a tristeza do menino. Nasceu foi pra morrer logo – era assim que se falava. Já tinha choro nos cantos, esfregação de rosário, o padre já tinha vindo pra rezar a extrema-unção, o doutor que aparou receitou uma besteira e disse que mais com um pouco ele ficava sadio. É só inteirar o tempo, não nasceu de nove meses – disse isso e foi-se embora sem demonstrar compaixão. Eu soube do fato todo pelo contato de Chico, um afilhado que eu tenho pros lados de Cabuçu, que é onde mora Vergara, o pai do dito menino. Chico me contou o fato e deu o retrato do pobre. Pra mim tá morto, ele disse. Eu me danei e fui lá. Não tinha nada com isso, mas me danei e fui lá. Eu não podia deixar o bichinho virar anjo sem chegar com a minha ajuda, mesmo sem ela própria ter sido solicitada. Bati, me deram entrada, eu nem pedi com licença. Peguei no punho da rede, espiei, prendi o choro. O pobrezinho era cera, estava mesmo da cor daquela imagem da Virgem que tem ali na Igreja. Um desmazelo! – eu gritei. E ninguém me dê ajuda. Eu vou curar o menino. Vergara quis não deixar, Dona Chana pegou ele e carregou pro terreiro. Peguei as ervas precisas, fiz um chá enforticido, preparei uma cataplasma que cá eu sei, fiz a reza... rezei a reza mais forte, uma que a mãe me ensinou, pra São

Lázaro e São Roque. No fim do oitavo dia o menino já se ria, já olhava de olho certo, já bulia com os dedinhos, o peito da preta Horácia era vir ele secava, mamando feito um bezerro. Se eu forçasse no chá eu acho que ele falava, mesmo tendo um mês e pouco. Hoje, esse mesmo menino é fiscal em Fortaleza, um homem desse tamanho, calçando 42. Mas tudo que eu sei e faço, eu faço por minha conta. O que eu sei foi aprendido com mamãe, andando por esses matos, ajudando os precisados, salvando vida aos magotes. Dona Zefa Rezadeira! Que Deus a tenha e guarde em sua santa companhia. E não é só por aqui que eu presto meus serviços. Já curei gente de longe e até gente de fama, inclusive um engenheiro que trabalhou no açude. Tirei ele de uma encrenca quando se engasgou com o peixe. Desatravessei a espinha com uma rezinha besta. "São Braz, São Braz, padroeiro de quem se engasga com peixe, esse homem vai viver, não deixe morrer, não deixe". Bati no espinhaço dele, ele deu uma tossida, puxou um ronco do fundo e a espinha foi bater debaixo da pitombeira. Eu conto isso, doutor, não é pra contar vantagem, porque tudo que eu faço eu faço detrás do manto de Jesus Nosso Senhor. É só pro senhor entender o que se passou comigo outro dia, em Miradouro. Foi danado, seu doutor. Foi coisa muito sofrida, negócio desmerecido que eu tive de aguentar. Veja o senhor, seu doutor, que o filho de Albuquerquinho, por nome José Messias, amanheceu februado. Uma quentura no corpo que o pobre se remoía debaixo do cobertor. E não tinha cobertor que chegasse pro vivente. E cadê que abria o olho? Era um peso nas pestanas, um amargo na goela, e sem dar sinal de vida na hora em que descansava. Botaram escalda-pés, foi o mesmo que botar gelo. Chá de alho, de cebola, agrião bem pinicado, o farmacêutico mandou umas pilulinhas brancas pra tomar de hora em hora, como se doença andasse olhando relógio. Nada ajudava Messias, que se queimava na rede, falando só por falar. O que dizia era leso, parecia que falava pela boca de endoidado. Queria lavar estrela, dizia que o sol nascia por dentro de um par de botas, pediu pra ver o avô que já estava enterrado desde a guerra da Alemanha, mandou fechar a janela pra não entrar mais cabrito, dizia que se chamava Mariana Bom Jesus... veja o estado em que estava. A mãe puxava os cabelos. Queria que Deus levasse o filho de uma vez pra livrar o pobrezinho daquela aflição lascada. Já se falava de banda em encomenda de caixão, em marcação de enterro. Albuquerquinho, chorando, chamava Deus de covarde, uma tristeza comprida, doutor, uma dor lascada. Comer? Mas nem por milagre. Vinha o caldo, um caldo ralo, a mãe pegava no prato e tentava com jeitinho enfiar goela abaixo. Messias trincava os dentes, não quero, não quero nada, e, no rejeito do caldo, começava a engulhar. Vomitar, eu já nem conto. Debaixo da rede dele, primeiro foi um penico, depois era uma bacia. E tanto era por cima como era por debaixo. Uma tarde ele obrou quatorze vezes contadas. Mas quando obrava, doutor, era como se vertesse. Entendeu? Mijando atrás, era assim que estava o pobre José Messias. Me levaram a Miradouro e me contaram o passado: o filho de Albuquerquinho está assim, assim, assim. Eu fui e já fui sabendo o precisado a fazer. Cheguei, tranquei as janelas, pedi pra ficar sozinho e comecei uma reza forte, a reza de São Romão. "São Romão, São Romãozinho, me ajudai na aflição, de quem precisa carinho, auxílio e compreensão." A gente diz isso seis vezes com as mãos juntas no peito e olho no mazelado. Reza e vai repetindo, entremeando com uma cantiga cantada só no pensar. Rezei a noite inteirinha, acabei no alvorecer. José Messias, coitado, sem poder colaborar, tinha mesmo piorado. Porque, quando a gente reza, o cristão tem de ajudar, dando força pro rezado. Com o mazelado dormindo nem adianta rezar. Pra auxiliar, é preciso que o doente tome tento, preste atenção no serviço, firmando com o pensamento, porque Deus dá uma ajuda mas não faz tudo sozinho, que Deus também tem limite. Pelo menos penso eu. Mas também eu fui criado nas lonjuras da igreja, nunca fiz essas estórias de confissão, comunhão, não beijo bunda de padre, se me permite a franqueza. Possa ser que Deus consiga o que eu nem imagino, mas também é bem possível que seja tudo mentira que padre inventa no altar. Pois bem, doutor, vou seguindo. José Messias, em vez de botar tento na reza, ficava era só gemendo, vomitando e se obrando, sem prestar a atenção que a reza solicitava. Amanheceu bem pior, era só a pele e o osso. Alburquerquinho danou-se, quis me culpar pelo fato, já começou a gritar que eu não prestava pra nada, que estava querendo a morte de Zé Messias. Eu perdoei: era um pai. Então chamei Dona Linda, a mãe do adoentado, e pedi pra ficar junto, botando tento ela mesma, porque Messias eu via que não podia contar com sua observação e ajuda tão precisada. Dona Linda ficou junto e eu rezei pra São Justo, que é o santo da justiça, como o nome mesmo diz. "São Justo dos justiçados, sois por mim solicitado para auxílio de saúde a quem está necessitado." Rezei até meio-dia. Acabei, olhei na rede, José Messias era um trapo. Eu pensei: "Será possível que eu vou perder minha reza?" Eu já ia preparar um chá de folha de cravo, misturado com inhame, um chá de muita sustança que, firmado com canela e um tiquinho de alecrim, é de levantar finado, quando chega um visitante. Não era bem um visitante, aliás, era um mulato que estava em Miradouro só de passagem, em visita. Em visita, é visitante, por isso eu digo que o cabra era mesmo um visitante. Eu nunca tinha botado meus olhos naquele cabra. Pele escura, um mulato já puxado pro queimado, um cavanhaque no queixo, com Albuquerquinho de banda. Todo vestido de branco e uma pose arrogante. Um governador do mundo, era o que ele parecia. Chegou, me empurrou da frente, pediu uma cadeira, deram, e ele pega a bulir no pobre José Messias. Puxa olho, aperta aqui e acolá, abre goela e espia. O homem era tão metido que pegou um palitinho, um pauzinho de picolé, e tacou ele na língua do pobre, que só fazia, há três dias bem contados, vomitar, gemer e cagar. Eu pensei: agora morre. Porque, doutor, um cristão com fraqueza no intestino não tem capacidade de aguentar o rojão de se levanta e se senta, abre o olho, fecha a boca, toda essa besteirada que doutor de anel no dedo tem mania de inventar sem a menor precisão. Ele só quer o sossego de uma reza bem baixinha, bem contrita, com as janelas fechadas, sem nada de arengação. Eu entendi tudo logo. Albuquerquinho danou-se e dispensou meu serviço. Eu cheguei pra Dona Linda e perguntei: e agora? A senhora quer que eu fique ou já posso ir pra casa? Porque, se me chamam, eu vou, mas se me botam de lado eu não vou mais insistir. Ela aí disse que o cabra era um academizado – ou uma coisa parecida que também não vale a pena eu lembrar nem repetir. Pediu, porém, que eu ficasse, para ver o acontecido. Eu disse tá certo, eu fico. Mas fiquei meio afastado, porque estava vendo hora de Zé Messias morrer e eu não queria ninguém me dando naquela hora a menor responsabilidade. Vou ser culpado em parelha? Mas nunca e nem! Fiquei assim lá na porta esperando que Albuquerque, depois de se arrepender, me chamasse outra vez. Fiquei na porta, espiando as visagens do mulato. Pegou no braço de Zé e ficou olhando as horas. Eu daqui disse: uma e quinze; pra ver o que ele fazia. O mulato, aí, pegou uma panela de alça, botou três dedos de água e mandou deixar no fogo. Até ferver! – ele disse. Abriu uma maletinha e tirou um vidro assim. Aliás, não era um vidro, era um vidro dentro de outro. Ele tirou um do outro, sacudiu, botou na água que estava na panela esquentando no fogão. Doutor, eu dei uma gaitada. Dei tanta e tanta risada que Dona Linda pensava que eu tinha me amalucado. Passou-se. O mulato, então, com a ajuda de dois garfos, pegou os vidros e enxugou esfregando assim, nas mãos. Era esfregando e soprando, como se fosse pamonha quando a gente tira a casca. Eu dei por visto e sumi. Vou-me embora, passe bem, até quando Deus quiser. Vim-me embora e vim danado. Fiquei só foi esperando a notícia dar chegada, porque mais hora, mais dia, ia ter nota correndo: José Messias morreu! Era isso que eu esperava. Passou um dia, uma semana, eu dei plantão no mercado, ali no ponto final do ônibus de Miradouro. Mas ninguém dizia nada da morte de Zé Messias. Eu também não perguntava.

Pra mim estava encerrado o caso do acontecido com o filho de Albuquerquinho. Era só curiosidade, sabe, doutor? Só vontade de saber se Zé Messias já era finado ou não. Com quinze dias passados eu voltei a Miradouro pra rezar uma bordadeira que tinha sido mordida por uma surucucu. É descer em Miradouro, quem eu vejo? Zé Messias, com a cara encarnada, corpo já pegando banha e um jeitão de soldado querendo encontrar trincheira. – Como vai, João Milagreiro? – perguntou, quando me viu. – Eu vou bem, Zé, e você? – Muito bem, vou muito bem; quer tomar uma cachacinha? O senhor não imagina o que se passou comigo. Todo mundo sabedor do tal mulato e de mim. Eu rezo, ele piora; vem um mulatinho qualquer vestido de querubim e Zé Messias tá novo, com cara de carnaval, voz retumbando na praça, como vai, João Milagreiro? Uma derrota, doutor. Aí, me deu um desgosto, uma tristeza na vida, vontade de me afundar pros cafundós do inferno, um desespero tão grande que dei pra esquecer as rezas, confundo São Cipriano, que é de curar maleita, com a reza de São Jacinto, pra mulher enlouquecida. Só tive um jeito, doutor, que foi parar de rezar. Estou de viagem marcada pra São Félix, na Bahia, pra trabalhar no comércio, numa loja de armarinho de um compadre de Sidônia, a mulher com quem eu vivo. Ninguém mais quer meus serviços. Agora, qualquer coisinha, o povo corre pra casa do mulato convencido que cura com chá de vidro as mazelas dessa vida.

| Ás de espadas

Se tem uma palavrinha que por mim não existia é a palavra azar. E só disse ela agora pra ter jeito de explicar a raiva que eu sinto dela. Essa palavra eu nem falo, que é falar e acontecer uma desgraça qualquer. E o pior é que eu sou um perseguido por ela. Se tem um homem na terra que essa palavra aperreia, esse homem é seu amigo João Geremário das Dores, esse aqui à sua frente. Nunca tirei um sorteio! Já comprei rifa de rádio, de relógio, de peru, bilhete de um casal de campinas cantadores, caixa de serpentina, no tempo em que carnaval era com lança-perfume, se lembra? Nunca eu ganhei. Pra mim nunca saiu nada. Uma ocasião, na praça, achei um talão de rifa. Era um talão inteirinho da rifa de um Chevrolet. Achei? O talão é meu. Botei calado no bolso, esperei a loteria, pois não é que o Chevrolet saiu foi pra seu Nacife, o turco da Loja Estrela? Só se o talão dessa rifa, em vez de um eram dois, porque um talão inteiro estava aqui no meu bolso. Eu podia reclamar? Não podia. Tinha achado. O meu azar – já falei outra vez essa palavra! – é tão grande que, se um dia chover sopa na cidade, João Geremário das Dores estará de garfo na mão. E, mesmo com essa falta de sorte que me acompanha desde o tempo de menino, eu gosto muito de jogo. Mas não é de qualquer jogo. Tem coisas que eu nem entendo. O tal futebol é uma. Fica um magote de bestas correndo atrás de uma bola, pleno sol de quatro horas... isso é coisa que até hoje eu nunca fiz e nem faço. O jogo que eu aprecio é só mesmo o carteado. Gosto, doutor. Sou doidinho. Um pifezinho, um buraco a quinhentos réis o ponto, um poquerzinho de cinco, porque abaixo de cinco não tem quem faça eu sentar numa mesa pra jogar. Pôquer é pra jogar com cinco. Gosto de um relancinho. Um jogo de carteado é uma coisa especial pra João Geremário das Dores, esse seu criado aqui. E nunca tive no jogo o lucro de um centavo. O que eu levo é o que eu perco. Levo, perco, mas eu gosto. Eu já perdi um salário num jogo de relancinho com o pessoal da empresa. Era baralho marcado e os outros jogadores estavam de combinação para tirar meu dinheiro. Eu sabia, mas joguei. Fiz de conta ignorar e fui jogando e perdendo. Levaram todo o dinheiro que eu ganhei em setembro. Mas eu perdi com prazer, porque foi jogo difícil. Eram quatro contra mim, com baralho preparado, mas custaram a me dobrar. Não faz mal, deixa estar. Um dia eu sei que a sorte se bandeia pro meu lado e aí eu lavo a égua. Deixe a sorte resolver mudar de má intenção que eu lasco eles no meio, com a maior facilidade. Eu reconheço que assim, com a pouca sorte que eu tenho, é uma doidice insistir, mas não sei qual é o dia em que a sorte vai virar. Então eu vou. Compareço. Geremário, me diz um, vamos jogar um pifezinho na casa de seu Raul? Lá vou eu. Oh, Geremário, me diz outro, quer jogar um relancinho com o pessoal do clube? Ora, se! Pode dar cartas. Geremário, um buraco a mil réis com José Inácio? Vamos lá. E vou jogando. Jogo todo santo dia. E já tem uma quantia que eu separo das despesas: isso aqui é pra jogar. Aquele dinheiro eu dou por perdido e acabado. Eu já nem conto com ele. Dinheiro só pra perder. Aí eu vou, jogo e perco, mas perco sempre esperando que a sorte dê viravolta. Porque um dia ela muda. Pois doutor, tanto perdi, tanto esperei no calado, que esse dia já chegou. Esperei 18 anos, porque eu fiz 32 agora no dia 7, aquele dia da chuva. Eu estava em Maranguape com o pessoal do escritório, que tinha ido fazer um piquenique na serra. Aí aparece um cabra que a gente não conhecia, convidando para um pôquer na casa de um tal Humberto, homem muito do distinto, farmacêutico, por sinal, uma pessoa de bem, mas isso não vem ao caso. Aí gritaram: João, tem um joguinho pra ti! Eu perguntei os detalhes, quantos eram – eram cinco, já me botando na conta –, o cacife, essas coisas que a gente tem que saber, porque no escuro só cego. Gostei do que foi proposto e disse: tá certo, vamos. Chegamos na casa dele, desse tal Humberto Motta, café, sorvete, refresco, uma mesa grande com feltro, o baralhinho passando e eu só perdendo, doutor. Não era dinheiro meu. Era uma quantia certa que a mulher tinha me dado pra pagar a costureira, Dona Ritinha, nas Damas, e eu ia pagar segunda. Se o dinheiro não é meu, eu perco no sofrimento. O meu não sofro, é dinheiro que eu já levo pra perder. Mas era da Ivanilda, o dinheiro da modista que ela dava como paga desde que estava entregue. Joga e perde, joga e perde e eu num padecimento que até me dava aflição. Sequência matava trinca, trinca deles pros dois pares que eu levava de certo, fiz sequência até valete, um cabra por nome Alfredo me matou com um *four* de rei. Já estava no fim do jogo, que tinha sido marcado pra acabar às cinco e meia, quando recebo as cartas. Era um dez, era um valete, uma dama e um rei de espadas. A outra carta era besta, era um sete encarnado que eu nem vi se era sete ou se era mesmo um nove. Eu aí dobrei a mesa, botei a carta encarnada no mato e pedi uma. O coração disparava que parecia com pressa de trazer a hora da morte. Os cinco foram no jogo. Mesa farta. Tinha ficha que só mesa de cassino, apesar de, até hoje, eu não conhecer cassino. Mas calculo que cassino seja assim, aquele monte de ficha dando plantão. O próprio dono da casa é que estava com o baralho. Embaralhou, eu parti e ele me deu a carta. Revirei a ponta dela e estava lá o ás de espadas. Era o ás abençoado fechando meu royalzinho. Doutor, foi uma aflição que me adormeceu as pernas. Apertei o ás na mesa com toda a força que eu tinha. Eu não ia era deixar o meu ás solto na mesa, porque um dia, em Sobral, me deram a dama de meio que me fechava a sequência, eu deixei a dama ali, fui acender um cigarro, entrou um bode na sala, pulou em cima da mesa e comeu minha dama. Eu aí tomei tenência. Apertei o ás na mesa, fui esfregando e falando o que tinha pra falar. Até que enfim, está aqui, ele veio porque veio, demorou dezoito anos, mas agora apareceu. Estou falando e apertando o ás em cima do feltro. Apertava e ia rodando na cara dos circunstantes. Um dia eu bem sabia que ele ia aparecer. O que tinha de aposta eu não ganho em cinco anos. E eu rodando o ás e apertando ele na mesa, com medo dele fugir. Aí dei um puxavante e trouxe o ás na cara. Doutor, o senhor me creia... a carta estava em branco. Naquela estória besta de apertar o ás na mesa, não sabe a tinta da carta? Saiu todinha no feltro. A carta estava em branco. Mela o jogo, assim não vale, quiseram me dar pancada, saí de lá escondido num caminhão de cachaça. Tudo isso só prestou para uma decisão que eu tomei pra vida inteira. O jogo, eu não abandono, porque eu gosto das cartas. Mas, pelo sol dessa vida, pelo resto da existência eu nunca mais sento em mesa onde o baralho do jogo é fabricado em Maranguape.

| Marido e mulher

Eu falo com o senhor, porque o senhor é meu compadre desde o dia em que batizou Justinho e nessas horas, doutor, a gente tem que recorrer é aos amigos, e o senhor é uma pessoa que eu tenho como amigo, desculpe a liberdade. Eu estou numa situação que só penso é em morrer, me matar, desaparecer de uma vez, Deus que me perdoe. Eu sou uma mulher compenetrada, faço meu serviço sem queixa nem reclamo, não vivo pedindo céus e terra, porque sei das minhas posses, sei e muito bem, até onde meu olho tem o direito de olhar e o que é que minha mão pode alcançar. Nunca, até o dia de hoje, Misael teve esse tanto de razão de ter queixa de mim. Nunca lhe faltei com a roupa limpa e asseada, nunca ele soube o que era pedir pra botar o almoço e eu dizer espere um bocadinho que ainda não está pronto. Nunca. Pediu, o prato está na mesa com a comida que ele gosta, o tempero que ele não se cansa de gabar. Pra mim, não, que nunca ouvi um elogio à comida que eu faço. Mas para os amigos ele gaba, que os amigos vêm me contar. Vá na minha casa e veja se tem casa mais arrumada. A casa é como estava quando o senhor foi lá no batizado de Justinho, aquilo não era arrumação pra festa. Trago a casa no zelo. Um brinco. É pobre, porque o que ele ganha não é muito e, mesmo eu ajudando, lavando a roupa da casa do doutor Lupércio, não dá pra ninguém ter folga. É dinheirinho contado. Mas temos a nossa casa arrumadinha e até com certos luxos: tapete de seja bem-vindo, plaquinha de lar de Olívia, uma Ceia Larga, retrato de São José e pinguim em cima da geladeira. Tudo nos lugares. Debaixo de cada bibelô uma toalhinha de renda, que eu compro em Dona Feliciana, rendeira, à base de quarenta o par. De noite, é quando ele quer. Já nem precisa falar. Quando vem com aquela perna esquecida pro meu lado, eu já sei. Posso estar com dor de cabeça, posso estar sem vontade – porque não é sempre que a gente está disposta a esse tipo de serviço –, mas não rejeito, pra não dar motivo a ele de se aborrecer. Coitado. Eu nem sei como andam os nervos dele. Porque quando ele perde no bilhar é um Deus nos acuda. Já entra com quatro pedras na mão, vem ofendendo, derrubando as coisas, botando nome em Deus e a virtude, vira bicho. Então eu facilito as coisas. Mas pra que tanto esforço e tanta consideração da minha parte? Eu só escuto é desaforo e nome feio. Às vezes nem tem motivo e ele já chega me botando nome e dando bofete. Tem dia que até na frente das crianças ele faz esse desconforto. Quando ele arrumou uma amiga nas Damas foi uma desgraça. Só chegava em casa dia claro, tratava as crianças como se fossem cachorros, eu então nem se fala. Eu não podia abrir a boca que lá vinha descompostura. Era uma rapariga que costurava pra fora. E sabe o que ele fez? Me disse: Olívia, eu quero que você faça um vestido com uma moça nas Damas, por nome Babi. Eu sabia que ela era a tal rapariga por quem ele andava enrabichado, mas fiz que não sabia. Vestido pra quê, Misael? Porque eu quero e acabou-se. Ele queria era botar uma defronte a outra pra ver qual era a melhor, e resolver pro lado de quem se bandeava. Eu fui. Botei uma roupinha melhor, Dona Francisquinha, minha vizinha que me ajuda muito nas horas ruins, penteou o meu cabelo e eu fui. A rapariga tirando minhas medidas e ele lá no canto espiando uma e outra. Só Deus sabe o meu sofrimento naquela hora. Mas fui e fiquei lá, calada, deixando a cretina me tirar medida. Encomendei um vestidinho que até hoje não apareceu. E nem eu cobro, porque daquele dia em diante nunca mais ele chegou dia claro e passou bem duas semanas sem fazer arruaça em casa. Tudo parecia que ia ficar um mar de rosas, eu já estava até pensando em pagar a promessa que tinha feito pra Nossa Senhora do Perpétuo Socorro quando dei por falta de cinquenta cruzeiros que eu tinha certeza que tinha deixado na minha bolsa e caí na asneira de perguntar: – Misael, você viu uma cédula de cinquenta que eu deixei naquele compartimentozinho da bolsa? Pra quê? Sacudiu um prato que quase me pegou na testa e daí pra frente voltou às descomposturas e aos ataques. Eu entendo, em parte. Tem dia que não vai ao jogo tanta gente quanto ele pensa, os ingressos sobram, não dá pra vender tudo, mas fui eu que proibi o povo de ir ao futebol? Fui eu que saí batendo de porta em porta, não compre ingresso na mão do Misael? Pois eu é que pago. É nesses dias que ele bebe mais. Ah, doutor... quando ele entra com aquele cheiro de aguardente, camisa desabotoada, me chamando de Jandira, eu já me preparo. No começo deu trabalho explicar para as crianças que ele me chamava de Jandira mas sabia que o meu nome era Olívia Raimunda. Agora eles já estão acostumados. Ele vem entrando, cachaça na frente, aquela dificuldade de botar os pés de acordo com o querer da cabeça... Jandira! Ave, Maria. Não gosto nem de lembrar que olhe como eu fico: toda encaroçada. Aí, doutor, não respeita a presença de ninguém. É me botando nome, me açoitando, quebrando louça, deixando os meninos de castigo, porque isso é uma porqueira de vida, porque um dia larga tudo e some no mundo, porque tinha que ter se casado era com a prima Edineide. Minha mãe um dia estava presente, quis se botar no meio, tomar conta dele, ele deu um empurrão, minha mãe caiu lá no batente da cozinha, ralou-se toda, eu fui dizer que aquilo era covardia, ele me deu um tabefe que me abalou três dentes, ficou uma semana sem falar comigo. Doutor, paciência tem começo e tem fim. Foi ontem. Com a chuva que caiu, quem era doido de ir ver jogo do Calouros no Ar, mesmo contra o Fortaleza? Ele teimou, comprou um bocado de ingresso, sobrou mais da metade. Desde a hora em que eu escutei Paulino falando no rádio que tinha pouca gente no campo, botei as barbas de molho. Antes de se acabar o primeiro tempo a porta se abriu e parecia que tinha entrado um furacão dentro de casa. Jandira! Na mesma hora Justinho, seu afilhado, pulou a janela e correu pra casa do vizinho, porque Justinho é quem mais estranha quando o pai fica assim, tomado pelo Demônio. Eu vim com um pedacinho de pé-de-moleque, querendo agradar. Ele pegou o pé-de-moleque e varejou na parede. A primeira coisa que quebrou foi a Ceia Larga, veja o senhor o prejuízo e o pecado. Ficou todo abufelado, dizendo palavrada e heresia, porque Deus não prestava, porque a vida era uma isso, porque eu era pior do que a vida. Eu no meu canto, me pegando com a Virgem Auxiliadora, pedindo pra ela tomar conta de Misael, fazer ele se acalmar, falar baixo, entender que eu não tinha culpa do prejuízo dele. E ele fazendo doidice dentro de casa. Mas o pior, doutor, a infelicidade, é que ontem eu estava com uma pontada no baixo-ventre que desde de manhã vinha me tirando a alegria da vida e, de repente, ele grita lá da cozinha: qualquer dia eu vou-me embora dessa casa de merda – desculpe a expressão, mas foi assim que ele falou. As crianças ouvindo, doutor. Eu me encrespei. – Qualquer dia, não. Se é pra ir embora vá hoje mesmo – foi bem assim que eu falei: – Vá hoje mesmo. Ele aí nem conversou. Foi-se embora. Arrumou umas coisas numa malota e dez minutos depois estava sumido no mundo. Eu também fiquei calada. Nem uma vez eu disse não vá, Misael, porque eu sabia que o que ele ia dizer era vou, Jandira. Pegou a malota e adeus. Hoje não apareceu. Doutor, se até amanhã ele não voltar o senhor me arruma um dinheiro pra botar um anúncio na rádio procurando por ele?

| Juliana

O diabo é que domingo só tem uma vez na semana. Domingo é dia de luxo, de boniteza demais, diazinho que exige do céu uma cor de azul faustoso, sol tinindo, vento brando, a claridade descendo pelo espinhaço da serra, banhando a cidade em luz, um cantar de passarinho – nenhum porém em gaiola – e, se ainda for possível, um som de risadaria de meninos e meninas brincando pelas calçadas, jogando bola de meia ou fazendo cabra-cega. Domingo é dia prendado que merecia, eu lhe juro, o direito de existir duas vezes por semana. Mas reconheço que assim, com os domingos dobrados, ia ser ruim para o comércio. Não fosse isso e assim era que a semana tinha de ser: segunda, terça, domingo, quinta, sexta, sábado, com meio expediente, e o domingo sobressalente. Chover, porém, qualquer dia, menos no domingo. No domingo, só o bom, porque chuva é coisa boa, mas aperreia o vivente. Eu nasci numa sexta-feira, mas o dia dos meus anos, todo ano, eu não relaxo, só cai mesmo é no domingo. Quer dizer que cai na quinta, mas eu faço é no domingo minha comemoração. O povo me chama de Onofre Domingueiro, porque todo mundo aqui sabe que meu dia é o domingo. Pois doutor, faz dez domingos que eu me acordei sufocado. Uma apertação no peito, um acocho no coração que, por Nossa Senhora, parecia que o vento do mundo tinha sumido e não sobrava nem um tiquinho pra mim. A vontade que mais batia, doutor, era morrer. Não sei se o senhor é dado a ter essas inglisias. Eu não sou, mas nesse dia o mundo perdeu o jeito, da vida cadê o gosto, teve hora de eu pensar em me trepar na jaqueira da casa de Peixotão e me sacudir no chão, lá de cima da mangueira, me sacudir de cabeça e botar fim na agonia. Eu pensei: nem vou à missa. Porque eu acho que à igreja a gente só deve ir com vontade, não é não? Ir à missa sem ter gosto é melhor ficar em casa. Então saí pelo mato com aquela apertação aqui na caixa dos peitos, subi o leito do rio, que no verão fica seco, fui catando uma pedrinha, sacudindo na folhagem, um capinzinho na boca, dando serviço pra língua, querendo achar um sossego que me sossegasse aquilo. Aí eu vi Juliana, a burra de seu Queiroz. Eu batia de banda na crina de Juliana e os olhos da burrinha me espiavam de um jeito que eu pensei: home, será? Eu devo lhe confessar que, apesar de conhecer tudo que é burra e jumenta aqui da nossa cidade, eu tenho uma simpatia que não consigo explicar pela burra do Queiroz. Por quê, não sei, mas Juliana é como se fosse gente. Dengosa, cheia de manha, quando rincha é com doçura, bate com o casco tão leve, a crina é esbranquiçada – porque Juliana é loura, não sei se o senhor conhece ou alguém já lhe contou. Sou doido por Juliana. Não é de hoje que eu penso em falar na orelha dela. Eu sou franco, eu não escondo. Juliana é uma burra do meu apaixonamento. Então, naquele domingo, como eu dizia ao senhor, dou com os olhos na burra e em volta mais ninguém. É hoje, pensei comigo. Vou comer essa burrinha e vai ser nesse barranco. Mas o diabo do barranco não dava facilidade. Eu aí cheguei pra perto, dei um beijinho, um agrado, porque quem vai comer burra não pode chegar pra perto cheio de brutalidade. Tem que ser é no amor, senão o animal se dana. Botei a mão no cabresto e saí com a menina procurando um canto bom onde me casar com ela. Aqui não dá, ali não presta, cheguei debaixo da ponte e encontrei um tijolo. Oh, doutor, que um tijolo é a salvação divina pra quem vai comer uma burra. Porque tijolo é um palmo, exatamente o que falta pra peça cair na peça sem esforço ou sofrimento. Desci a calça com jeito, porque eu estava com roupa de só usar aos domingos, e me trepei no tijolo. Juliana já sabia o que eu queria fazer, porque ficou só esperando, com o pescoço virado querendo me olhar, sei lá o que a burra queria. Aí eu me preparei, fiz um carinho na anca e sapequei devagar. Eu não sapequei com força, porque burra quer é chamego. Sapequei devagarinho, bocadinho e bocadinho até chegar bem no talo. Juliana se sentiu e fez de conta quem nem. Naquela hora, doutor, eu só pensava era em mim. A apertação do peito e a desvontade da vida era falta dessa coisa. Juliana foi então a solução encontrada. Quando estava já no talo eu comecei. Vuc-vuc... oh, coisa deliciosa, oh, vida mais maravilhosa. Vuc-vuc, vuc-vuc, mãozinha alisando a anca, vontade de apertar a crina de Juliana, mas a burra tem um problema: a anca fica lá longe, não dá pra gente agarrar, não sei se o senhor conhece esse problema ou não. A burra concede tudo, mas não colabora em nada.

Ela fica parada, a gente que faça o resto. Está tudo indo bem quando por cima da ponte passa o ônibus do Crato e o diabo do chofer buzina aquela buzina que se buzinar aqui a gente escuta na China. Juliana se assustou e fechou a coisa dela. Ora, o senhor imagina. Ela fechou a coisa com a minha coisa dentro e, além de fechar, andou. Doutor, o senhor não calcula o sofrimento que foi. Minha coisa apertada, que eu queria tirar e cadê que ela saía? E a bicha, além do mais, como eu lhe disse, andando. E subiu a ribanceira, eu atrás, suando frio, andando em ponta de pé, com medo da minha coisa se partir em dois pedaços. E Juliana se dana a andar pela estrada. Veja só o que o povo via: a burra e eu pelo mundo, um engatado no outro, minha calça se arrastando pela terra da estrada, eu pisando só nos dedos, gritando pra quem passava: tira aqui, me ajuda aqui, mas cadê que me ajudavam. Quando eu dei fé: a cidade. Juliana entrou na praça, na hora do fim da missa. O patamar com os fiéis, muitos se benzendo ainda, vendo aquela desgraceira: eu e a burra, a burra e eu, tira aqui, ajuda aqui, faz carinho nessa burra, mas, cada vez que eu falava, só escutava as risadas. O padre me excomungando, o delegado gritando "bota esse cabra na cana", o prefeito e sua senhora botaram a mão nos olhos, querendo não enxergar o que a cidade toda via. E o mais danado, doutor, é que a coisa não cedia. O senhor está me entendendo? Eu suplicava: amolece, e a coisa virando ferro, virando aço, madeira, sei lá o que se passava. Quanto mais dura ficava, mais me doía, me creia. Juliana fez a volta na direção do mercado. Aí é que foi danado. Um mercado, no domingo, é a sala de visitas de qualquer interior. Quando a burra deu entrada pela Rua Ipiranga, já comecei a escutar aquela salva de palmas. Eu não sei quem estava lá, mas garanto que havia pelo menos uns oitenta, todos eles meus amigos, gente que me conhecia e conhecia Juliana, porque o assunto, entre nós, era esse: Juliana. Mas na hora da aflição eles todos se esqueceram que eu estava só fazendo o que todos pretendiam. O diabo do chofer que tinha causado o caso já estava pelo inferno, eu sei lá onde ele estava. Entendeu? Fez a desgraça e foi-se embora, o safado. Eu gritava: calem a boca. Mas cadê que se calavam? O barulho era tanto que a burra ficava aflita e ainda mais apertava. Se eu tivesse uma faca ao meu alcance, doutor, eu tinha cortado o cabo. Eu já nem me importava de ser um cabra capado. Eu só queria era achar um jeito de me livrar, tirar a coisa da coisa era tudo que eu queria. E Juliana arrodeou a praça inteira, doutor. Na porta da mercearia uma mulher se benzeu, uma criança gritou, o sargento Benevides, safado como ele só, perguntou pra onde era que eu estava empurrando a burra. Juliana só parou junto da barbearia. Aí seu Justo chegou, fez um carinho na crina, deu três batidas na anca, coçou ela no pescoço, sacudiu uns dois beijinhos, a coisa já foi cedendo, já deu pra dar uma puxada, ficou presa na argola, eu insisti: vá seguindo, não pare não, Dr. Justo. Ele soprou no ouvido, Juliana deu um rincho, relaxou-se, eu desjuntei. Doutor, olhe a minha coisa: ficou que nem cogumelo. Até o meio normal, daí pra frente um espanto. Eu procurei pelas calças, porque eu me livrei delas lá de junto da igreja, seu Tatão me trouxe a calça, eu me vesti, me ajeitei... em volta, umas cem pessoas olhando pra minha cara. Era onze, onze e meia, o sol velho retinindo, domingo ainda em começo e eu naquele estado de causar deploração. Juliana, muito sonsa, foi-se embora pro outro lado. Eu aí gritei pro povo: – O que é? Nunca me viram? E já ia de saída quando chegou seu Queiroz, o dono de Juliana. Chegou, bateu no meu ombro e disse: – Tá certo, Onofre, mas, como a burra é donzela, você vai casar com ela. Agora é um desassossego. Todo mundo me pergunta que dia vai ser o casório, se nós dois vamos ter filhos, onde nós vamos morar, essas perguntas sem graça que o senhor bem que calcula. Tudo por quê, seu doutor? Por causa de um domingo, dia safado de ruim que nem devia existir. Pra mim, doutor, a semana vai de segunda até o sábado. Domingo, eu fico em casa. Ninguém me vê aos domingos. Eu deito na minha rede e fico esperando a hora em que Juliana vem, fica remoendo longe, me chamando, me chamando...

| Homem de fora

O trem de ferro encheu a plataforma da pequena estação de Paraxinguá de uma fumaça cinzenta fedendo a óleo. O povo que sacudia a fumaça, afastando-a das narinas para poder respirar, nem notou o homem de terno, com uma pasta marrom e gravata descida sob o colarinho aberto, que, saltando do trem, abanando-se com uma revista, deu entrada na saleta do telegrafista.

— Boa tarde.

— Tarde — respondeu, sem vontade, Robério, 34 anos, martelando código Morse, desvontade crescente de continuar no pipipi-pipipi de todos os dias; ainda mais quando alguém puxava conversa.

— O senhor pode me informar onde há um hotel na cidade?

— Hotel? — perguntou Robério, enquanto levantava a cabeça, para melhor examinar o homem que chegava querendo assunto.

— É. Eu preciso de um hotel, por uns dias.

— Se não fizeram um de ontem pra hoje, que eu saiba, em Paraxinguá, hotel, mesmo, não tem.

— E pensão?

– Só mesmo a da Felícia.
– Onde fica?
– Ficava. A Prefeitura desapropriou e, hoje, lá é o Fórum.
– E onde é que eu posso me hospedar? Preciso ficar aqui uns sete ou oito dias...
– Sei não.

E voltou ao serviço, avisando a Oxó a partida do trem.

A fumaça voltou a cobrir a plataforma, entrando pelas ventas de Robério e do homem de fora. Robério nem deu "esse tantinho" de importância à fumaça que o intoxicava, de acostumado que estava a respirar fumo encardido. O homem tossiu, soltou a pasta sobre um banco de pinho, enxugou a testa com um lenço fino de cambraia e reatou o assunto que Robério não queria alimentar.

– Cavalheiro, o senhor não entendeu.
– Entendi. Quem não entendeu foi o senhor. O senhor quer um hotel, não quer? Pois não tem. Serve pensão, não serve? Pois a pensão se acabou. Pronto. Entendi ou não entendi? Era só? Está despachado.

O homem meteu a mão no bolso e de lá tirou uma carteira. Robério levantou-se ao ler, na carteira, a palavra solene, da maior importância, de fatal posição: *fiscal*.

– O senhor é do governo?
– Trabalho para o governo. Sou fiscal. Pode ver.

Ele já tinha visto. Por isso, agora dava assunto.

– Sou do Instituto. Fui designado para examinar as escritas do comércio de Paraxinguá.
– Pra ver quem é ladrão, não é?
– Não é bem isso.

Podia não ser, mas andava por perto. E isto bastava para Robério, enraivecido com Teófilo do armazém, que lhe vinha seguidamente roubando no jogo de bisca, ao embaralhar as cartas, de modo a ficar com o ás e o sete do trunfo, sem nunca errar. E mais ladrões havia!

– O senhor fica lá em casa, se é do seu gosto. Muito conforto não tem, mas eu armo uma rede no quarto dos fundos...

– Está ótimo. Qualquer canto me serve, desde que eu tenha uma mesa onde possa trabalhar.

– Mesa é o que não falta. Eu boto no quarto uma mesa onde jogo bisca com um ladrão comerciante, que, por falar nisso, aliás...

Trancou a porta para melhor se explicar. E contou de Teófilo, da certeza de ser furtado, numa ladroeira diária que, mesmo valendo caroço de feijão, deixava-o danado com tanta derrota. Contou ser até motivo de zombaria por parte de toda a cidade, eternamente derrotado que era. Mas quem podia ganhar de um homem que, em todas as mãos, tirava o ás e o sete do trunfo, fosse que naipe fosse? Robério oferecia hospedagem em troca de uma coisinha tão pequena...

– ...mas o senhor me prometa lascar esse safado. Taque-lhe uma multa na cara, que é só o que eu peço. Dou casa, comida, e minha mulher lava sua roupa com muito gosto e cuidado. Tá combinado? E tem os outros! Com calma, eu lhe boto a par do assunto.

O fiscal não prometeu a multa, mas garantiu que examinaria, em primeiro lugar, os livros da loja de Teófilo, o Armazém Deus Menino, em troca da rede sem varandas que Robério mandou armar no quarto dos fundos, onde a mesa de jogo foi colocada com um tamborete ao lado, tal qual o prometido. Sua parte estava cumprida.

O comércio de Paraxinguá não estava acostumado a essas novidades. Fiscal é gente muito odiada, mesmo por quem tem em dia os créditos e os débitos. Fiscal é assim feito polícia: apreciar, ninguém aprecia. E aquele, além de fiscal, era de uma antipatia, de um convencimento que valha-me Deus! Parecia senador, andando pelas ruas de Paraxinguá, sem falar com ninguém, negando cumprimento aos bons dias que os munícipes sussurravam, metade por medo dele, metade por educação. Aquele fiscal, mal-educado e mal-encarado, não dava a ninguém o gosto de resposta. Seguia impávido, cara pra frente, entrando, sem bater palmas, na farmácia, no empório, no açougue, no armazém, por onde, aliás, começou o serviço: o Armazém Deus Menino, de propriedade de Teófilo, o tal do ás e sete do trunfo.

– Os livros, por favor.

Teófilo, desde que soubera que Robério hospedara o fiscal no quarto dos fundos, desde que tivera notícia do cancelamento do jogo a que estavam acostumados, pelo motivo justo da mesa estar a serviço da lei, pusera as barbas de molho. Fizera serão, com a ajuda de Antero e de Hilton, colocando as contas em dia, o mais possível. Deu entrada a dinheiros que nunca tinham entrado e forjou saídas que jamais sairam.

Foi muito honesto no capricho do roubo. Deixou uns errinhos propositais, porque nenhum fiscal gosta de conta muito certinha, pois não é que eles têm comissão sobre as multas? Mas trabalhou de modo a ser pequenina a multa. Nada de o arrasar, como era do desejo de Robério, aquele mau perdedor, com quem, aliás, estava disposto a não falar nunca mais.

Quando o fiscal, num terno de caroá, gravata vermelha, pasta marrom e bigode ralo, lhe pediu os livros, eles já estavam sob o balcão. Com estrondo de raiva os jogou na cara do homem.

– Mas é pra ver aqui.
– Onde eu posso sentar?
– No chão. A não ser que o senhor queira que eu arme uma rede, como Robério.
– Seu nome, por favor.
– Traque. Zé Traque da Bunda, que eu não tenho satisfação a lhe dar como eu me chamo ou não me chamo. Olhe as contas, veja se tem erro, se não tem, vá-se embora; se tem, diga a multa e depois vá pro inferno, que foi de onde veio.

O ódio de Teófilo não era tanto contra o fiscal, a quem ele por dentro bem que perdoava a feiura do emprego, mas dirigido a Robério, traidor do diabo, guaritador de gente ruim, provocador de querela, mau perdedor no baralho e no gamão.

A taxa, pequena, não amenizou sua ira. Nem tentou contornar, procurar convencer o fiscal a diminuir os 50 mil imputados como multa.

Acompanhou a saída do fiscal sem sair do lugar. Não o levou à porta, como fazia com qualquer um que entrasse no seu estabelecimento, mesmo quando não era gente de que gostava.

Viu o fiscal seguir pela rua e entrar no bar de Antero. Sabia que lá havia quatro bilhares funcionando sem alvará. Havia, é bem o tempo do verbo, porque, desde que soubera do fiscal na cidade, as mesas estavam estrategicamente escondidas no fundo da igreja, acobertadas por Padre Vivaldi.

— Os livros, por favor.

Antero cuspiu no ladrilho, mostrando que, na sua opinião, fiscal não passava disso.

— Que livros? Do grupo? – perguntou, desafiante, fingindo não ter entendido.

— Os livros de contabilidade – explicou o fiscal, aproveitando a vasa para crescer a voz de comando. – Eu sou fiscal do governo.

Antero, como Teófilo, atirou os livros sobre o fiscal e lhe deu as costas para seguir atendendo aos poucos fregueses; 400 de multa, foi o que mereceu.

E o fiscal foi, assim, de loja em loja, somando multas que passaram as contas que crianças sabiam fazer. Havia gente em Paraxinguá que nem sabia ser possível haver tantos zeros numa conta só.

De noite, deitado na rede do quarto dos fundos, usando a mesa ali posta para o serviço, o fiscal e Robério jogavam uma bisca enquanto comentavam as multas aplicadas.

— Na loja de Miro deu multa de quanto?

— Você diz Valdomiro?

— A gente chama de Miro, aquele safado. Não é um miudinho?

— Quinhentos, parece, mas não tenho certeza.

— Aumente para mil, que aquilo não é gente. Só vende porqueira.

— Não posso mudar. Multei o que achei justo. Não posso fazer e desfazer o que bem quiser. Há uma lei. Qual é o trunfo?

— Copas. E na loja de Fúlvio?

— Cento e poucos. Opa. Vou comer o seu sete.

Depois que Robério ia se deitar, o fiscal ainda ficava até a madrugada fazendo contas e examinando papéis, no trabalho antipático e considerado ladrão.

Nove dias depois o trem o levou. Na estação, para as despedidas, apenas Robério e Dona Hermê, sua mulher, cúmplice do crime, coautora do lesa que deram no comércio. Para as despedidas, somente os vingados. Da bisca, dos preços, dos botões quebrados que não eram aceitos de volta para troca, dos cigarros mofados comprados a preço de bons, das fazendas rotas e que encolhiam. Teófilo, Miro, Dr. Plínio, que cobrava e não dava recibo. Vingança.

Até lenço de adeus acompanhou o trem que sumiu na curva, de volta a Fortaleza.

A reunião dos vilipendiados foi na casa do Dr. Plínio, clínico geral, taxado em 50 mil. A tal falta dos recibos...

– Alguma coisa temos que fazer. Aquele cachorro não vai ficar sem pagar.

– Ele que não me caia na bestcira de aparecer lá no armazém. Não lhe vendo mais duzentos réis de cigarro. Eu morro seco, mas não vendo. Que vá comprar em Oxó, se quiser fumar.

– Se aparecer no bar, não somente não lhe vendo, como sou muito capaz de lhe quebrar a cara, cabra filho de uma égua.

– Compadre, tem mulher presente.

– Mulher sabe que aquilo é filho de uma égua mesmo. Todo mundo aqui sabe que eu sempre achei aquele sujeito um safado. Gentinha. Merecia era uma boa pisa.

– Temos que fazer coisa pior.

Pensavam numa vindita terrível, para o revide ao alcaguete. Alguma coisa de espantar, de ninguém esquecer. Coisa que servisse de exemplo a futuros robérios que porventura viessem a aparecer em Paraxinguá.

Foi quando Ézulo chegou com o livro.

– Olha o que o cachorro esqueceu na minha loja – disse, referindo-se já se sabe a quem.

Era um livro americano, naturalmente traduzido, que contava uma estória que Ézulo tinha lido e servia de ideia para solucionar o que tanto procuravam.

Na saída do grupo escolar, à hora habitual, os meninos, instruídos pelos pais, deixaram Vivinho seguir solitário pela Rua da Guarda, no caminho de casa. Vivinho, moreninho, franzino, de testa ampla, filho de Robério, o cachorro, e de Dona Hermê, a cadela.

Vivinho, livros sob o braço, chutava tampinhas de cerveja e pedrinhas miúdas, com os pés calçados no "tanque colegial". Pulava quadrados desenhados na calçada, pisava apenas nos pretos, circulava em torno dos postes, nas voltas inúteis de quem não tem o que fazer. Ia tão despreocupado que nem reparou que ia sozinho. Todos os outros meninos do grupo, combinados, tinham preferido seguir pelo Beco da Estria, de onde pegariam, depois, a Rua da Paixão de Cristo. Vivinho, sozinho na Rua da Guarda. Vez por outra abaixava-se, pegava um torrão de terra e tentava acertar um poste, num arremesso frágil, de acordo com sua idade.

Na virada da Rua do Peixoto, o carro encostou. Era um dos poucos automóveis da cidade. Vivinho reconheceu o Plymouth 39, o carro do Dr. Plínio. Por isso não se espantou, nem achou esquisito. Os homens desceram do carro com as caras cobertas por máscaras pretas. Vivinho reconheceu todos quatro. Acostumado de tal modo a vê-los, não era um pedaço de pano mal cortado que conseguiria deixá-los irreconhecíveis.

– Que brincadeira é essa, seu Teófilo?
– Cale a boca e entre no carro.

Assim se deu o rapto do filho de Robério, começo da forra programada.

Deu cinco, cinco e meia. Deu seis, seis e quinze. Vivinho não chegava. Dona Hermê não estava nervosa, pensando em coisa ruim, apenas irritada.

– Aquele corno é bem capaz de estar jogando futebol até essas horas. Deixe ele chegar.

Robério voltou do trabalho já era de noite. Encontrou Dona Hermê numa irritação semelhante à que ficara quando soubera estar grávida.

– Por isso é que eu não queria filho. Tá vendo? Filho só presta pra dar trabalho e desgosto. Espie. Que horas tem?
– Sete e coisinha.
– E cadê Vivinho?
– Não voltou do grupo ainda não?
– Se tivesse voltado, eu não estava perguntando. Vou dar-lhe uma pisa, quando ele chegar, de precisar botar vinagre com sal.

Robério não fez maiores comentários. Realmente Vivinho estava errado, não vindo pra casa ao sair do grupo, mas menino é menino. Devia estar jogando pião ou preparando os balões para o São João da semana que entra. De qualquer modo, merecia um corretivo.

Começaram a ficar preocupados quando o relógio da igreja bateu oito horas. Pensaram na lagoa, onde Vivinho poderia ter se afogado. Imaginaram um atropelamento na estrada. Uma queda maior de uma mangueira mais alta. Só pensavam em desastres, acidente com morte.

– Alguém vinha avisar.

Pegado pelo trem não era possível. O único trem passava por Paraxinguá às 6 e 28, tudo normal. Foram à casa da Diretora, que lhes disse ter visto Vivinho sair junto com os outros no horário exato do fim das aulas. Pediram socorro aos vizinhos. Não foram atendidos. De um lado, a casa de Miro; do outro, a de Antero. Um grito de socorro era o mesmo que um sussurro em meio ao deserto.

A noite passou sem que pregassem olhos. Sem notícia do menino, Dona Hermê chorou muito, enquanto Robério, sozinho, com uma lanterna de pilha acabando, vasculhou os matos em volta da cidade, gritando "Vivinho!" de três em três minutos.

Vivinho, amarrado, de boca fechada pelo mesmo pano preto que servira de venda aos raptores, estava escondido na choça de Ubaldo, três léguas à frente de Paraxinguá.

– Tá vendo, seu corninho? Seu pai deu prejuízo à gente, não deu? Pois quem vai pagar é você. E se chorar eu lhe capo.

Vivinho se encolhia, fechando entre as pernas o tão precioso, achando isso suficiente para impedir a castração prometida e que, pelo modo como falavam, era inevitável acontecer.

Aos poucos foram chegando os homens. Os multados vinham à choça de Ubaldo, que lhes servia um cafezinho de dez em dez minutos, também ele odiando Robério, que um dia lhe matara uma galinha poedeira, ao errar o tiro no peba, na caçada que tentara.

– Quanto foi seu prejuízo?
– 250.
– Tome nota, Heitorzinho. E o seu, quanto foi?
– 390.
– Não foi só 300?
– 90 é de juro.

Somadas as multas pagas, acharam um total bem acima do real, mas ainda abaixo do merecido. Aí, fizeram a carta avisando do rapto. Como no livro que Ézulo lera, a carta tinha sido feita com letras cortadas de vários jornais. Um trabalhão, colar tudo. Mas o texto da carta era incisivo: *"Seu corno safado: seu filho foi raptado. Quer ele de volta lhe custa 26 contos. Senão, ele é capado".*

Vinte e seis contos não era dinheiro que se pudesse conseguir. Os raptores sabiam disso, mas o problema não era deles. Ele que pedisse emprestado ao fiscal, de quem era carne e unha. Dona Hermê quis pegar o trem e ir a Fortaleza pedir providências a gente importante.

– Eles capam Vivinho.

Teria que arranjar os 26 contos de um modo ou de outro. Pedir emprestado, era a única saída, mas 26 contos, quem tinha? Só o banco.

O gerente do banco, um dos raptores, começou a colocar empecilhos.

– Precisa avalista.

– Avalista?

– Uma pessoa que assine embaixo, garantindo, se você não pagar.

Mas quem avalizaria um título desse tamanho, para um cabra tão odiado?

A solução encontrada pelo gerente foi a hipoteca da casa e das terras que Robério tinha na serra. Com o dinheiro em casa, ficou aguardando nova carta dos raptores. A outra carta chegou, com as letras coladas num papel de embrulho, dizendo onde o dinheiro deveria ser deixado.

— E se depois eles caparem o menino?
— Se caparem, caparam. A gente tem que arriscar.
— Vinte e seis contos! Isso é dinheiro que não se paga nunca mais.

Robério chegou a admitir que o sexo de Vivinho não valia tudo isso. Arrependeu-se de pensar essa barbaridade. Mas eram vinte e seis contos! Dívida para o resto da vida. Ou dívida ou perda de tudo que tinha. Realmente, não havia muito a pensar para decidir o lógico: pagar o resgate.

Embrulhou o dinheiro num jornal de Fortaleza e o deixou, como lhe fora determinado, debaixo de um pé de carnaúba, na primeira curva de estrada, depois de passar a ponte e antes de chegar ao mangueiral de seu Tristão.

No escuro que havia, ainda olhou em volta, tentando descobrir alguém ao redor. Não viu ninguém, nem poderia ver, pois todos estavam escondidos atrás das moitas, na beira da estrada. Todos. Inclusive Dr. Plínio e o gerente do banco.

Retornou a cavalo, de trote, como fora.

Vivinho voltou pra casa já passava da meia-noite. Não disse uma palavra. Não contou coisíssima alguma. Nem o lugar onde estivera, nem os nomes dos que o tinham raptado. Miro, um deles, chegou a visitar o menino raptado e, cinicamente, até se deu ao luxo de fazer perguntas, como se ignorasse as respostas a ouvir.

— Bateram em você?

– Não, senhor.
– Fizeram ameaças?
– Sim, senhor.
– Ameaçaram lhe capar, não foi?
– Foi, sim senhor.
– E quem eram eles? Ou eles disseram que lhe capavam se você contasse?
– Disseram.
– Então capam. Não conte, que capam. Essa gente é o cão.

Vivinho subiu os olhos até achar os de Miro, que olhava para ele com um sorriso de aviso. Sorriso tão cínico que Vivinho, encarnado, cruzou as pernas, cuidando.

O dinheiro, dividido entre os que pagaram as multas, os ressarciu do prejuízo. O saldo, os tais juros, foram depositados na caixa de esmolas da igreja, sugestão de Ézulo, muito bem recebida.

No Natal, por lembrança de Miro, o mais arrependido, a cidade cotizou-se, pagando cinquenta por cento dos vinte e seis contos, deixando apenas a metade por conta do traidor. Ele, Robério, fazia as contas de quanto ainda faltava para liquidar a dívida, coisa de 7 contos e 800, quando o trem de ferro encheu a plataforma da estação com a fumaça cinzenta, fedendo a óleo.

O homem desconhecido entrou no local de trabalho de Robério, com grande pompa, imponência de fazer inveja.

Robério arregalou os olhos, murmurou coisas ininteligíveis, fingindo ser mudo, e saiu correndo para avisar, um a um, a chegada do inimigo.

| Vingança

Homem presta, doutor? Presta, lá o quê. Homem não vale nada. Eu sei dos meus defeitos, como o senhor sabe dos seus, porque sem defeito só Deus, que se Deus morasse no Benfica, não era da perfeição que é, tinha um bocado de mania e vivia por tudo que é canto cheio de presepada. A gente, nesse mundo, faz coisa que só presta mesmo é pra arrependimento e eu não tenho vergonha de me arrepender, ou o senhor pensa que todo santo dia eu não tenho um arrependimento? Não devia ter feito aquilo, não devia ter falado como eu falei, esses arrependimentos bestas. Como também tem arrependimento lascado: pra que eu fiz aquilo com ela, era moça direita, não podia ter comido ela, porque o cabra come hoje, amanhã se arrepende, não se arrepende, doutor? Mas isso não vem ao caso, que o assunto é outro. Uma ocasião, no tempo da guerra, eu andei servindo na base, em Natal, com os americanos. Comecei no serviço de faxina, fui subindo, fui subindo, sei é que com dois anos eu já ia às festas que davam na base. Foi numa dessas festas, doutor. Eu tinha comprado uma roupinha nova, que um amigo meu alfaiate até encurtou a bainha, porque o diabo da calça veio comprida que só perna de palhaço cabia ali, e fui pra festa. Estou por ali, bem do meu, quando vejo acolá uma moça sentada, pernão cruzado. Olhe a perna dela no redondo, doutor. Sabe essas moças magrinhas, de perna grossa? Era assim. Tem coisa bonita em mulher mas pra mim o que vale é o torno da coxa. Eu sou doido por um coxão roliço. Pode ser besteira, pode ser errado, mas uma coxa grossa tem o seu valor. Pois eu vejo aquele par de coxas, ela batendo o pé, seguindo o ritmo, eu já dei jeito no nó da gravata, me aparelhei, sunguei a calça que mesmo com a ajuda de Pedrinho Alfaiate ainda caía por cima dos sapatos e fui lá. Dá licença, aceita esta dança? Como um cavalheiro, não foi pra me mostrar nem querer ser bispo. Dá licença, aceita esta dança? Foi bem assim que eu falei. Foi a mesma coisa que ter chamado ela de mulher-dama, sei lá do quê. Ela me olhou de cima abaixo e falou: – Ora, não se enxerga? E me deu as costas. Doutor, não sei se o senhor pode imaginar o que eu senti naquela hora. Todo mundo no salão ouviu e quem ouviu se riu. Eu fiquei assim feito bosta n'água. Não sabia se ia pra lá ou se voltava pra cá, minha vista não via nada, o som da música sumiu, eu só escutava a risadaria, já um contando pro outro que Terezinha – era assim que aquela safada se chamava – tinha feito isso comigo, um descalabro, não gosto nem de me lembrar. Eu pensei: isso não fica assim. Se eu fosse um escrevente, um capitão, um jornalista, ela fazia isso comigo? Fazia nada. Era eu dizer aceita esta dança e ela já vinha de carinha mimosa e perninha aberta. Mas, como eu tinha começado da faxina, tinha subido pouco a pouco, ela fazia aquela desgraça. Tá certo. O mundo não para de rodar. Acabou a guerra, os americanos foram embora, eu arrumei um serviço na Rádio Poty, fui progredindo, Dr. Carlos Silva me levou pra trabalhar com ele numa agência de propaganda, essas besteiras que eles inventam pra tomar dinheiro de comerciante em troca de reclame – como se isso prestasse –, mas fui indo, fui ganhando respeito, uma bela ocasião, anos depois, tem uma festa no América. Eu já era sócio do América, que o Dr. Coriolano tinha assinado minha proposta e ninguém era doido de recusar uma proposta assinada pelo Dr. Coriolano. Festa de smoking. Dr. Carlos Silva me emprestou um smoking, um que ele tinha comprado no Rio, na Exposição, eu me ajeitei, parecia um dândi e fui pro América. Mal entrei, em quem eu bati o olho? Justamente Terezinha, a safadinha do você não se enxerga. É hoje, pensei comigo. Primeiro fui chegando perto dela, puxei conversa, ela respondeu. Já estranhei o fato dela ter repostado uma pergunta minha. Vá ver ela não me reconheceu, pensei cá comigo. Conversa daqui, conversa dali, estou esperando a hora. Senti, doutor, que, se eu naquela hora tirasse aquela puta pra dançar, ela ia. Então fiquei esperando um fox trote, porque fox trote é mais silencioso e eu não queria barulho de samba nem zoada de tambor na hora agá. Mais com um pouco a orquestra lascou um because of you desses, eu, ainda com medo, bem baixinho, perguntei: Aceita esta dança? – Sim, claro, diz ela. Levantou-se, bracinho preparado pra eu enganchar, enganchei, lá vamos os dois pelo salão. Estava como eu queria. Fui conduzindo ela pra perto do Governador que estava na festa com a senhora dele, criatura muito simpática, por sinal. Quando estou aqui com ela e ali está o Governador... ainda me lembro que bem aqui atrás estava um senador da UDN, quando estou nesse ponto, empurrei ela e gritei: – Não danço mais com você, porque você peidou. Ela ficou branca, nem pôde repostar. E eu em cima: – peidou, você peidou e eu não danço com moça que peida. Saí gritando, me afastando dela: – peidona, peidona. Ela se mudou de Natal, doutor. E eu também, porque na própria ocasião, ainda no clube, eu me ri tanto que caguei-me em plena sala da diretoria.

| Sargento

Primeiro ele disse:
— Me respeite que eu sou sargento.
Só isso já chegava, doutor, porque foi um choque. O senhor não sabe o que é ouvir isso. É pior do que um tabefe. Eu sou sargento! Ave Maria, oh, coisinha danada de ruim da gente escutar. Foi ele gritar que era sargento e pareciam que tinham arrancado o chão dos meus pés. Eu bambeei, me correu um frio pela corda das costelas, o olho quis se anuviar, eu aí o que fiz? Eu me recolhi, porque eu posso ser tudo, mas doido eu não sou. Não vou querer abrir guerra com um homem de patente. Na mesma hora em que ele disse que era sargento, eu temperei. Não agi certo? Mudei, já comecei a tentar amizade. Ele aí me empurrou e gritou de um jeito que a rua inteira ouviu: — E tem mais uma coisinha — disse ele —, eu podia ser seu pai, porque já comi muito a senhora sua mãe. Aí, empreteceu. Aí, doutor, eu não podia responder por mim. O céu caiu na minha cabeça, tudo ficou embolado na minha frente, o sangue me subiu, as orelhas ferveram, eu me esqueci que o homem era autoridade e taquei-lhe o braço. Pegou no pau da venta. Caiu

ele, caiu chapéu, um pacote que ele estava carregando foi parar na carrocinha de sorvete que estava parada assim como daqui ali, o povo que estava em volta fez um "uh" de espanto, um cabra quis bater palma, mas se lembrou que o homem era sargento, segurou as mãos nas costas, um desacerto. Ele não esperava por aquilo. Podia contar com tudo nessa vida, menos com um bofete de um paisano. Lá do chão ele me olhou, cuspiu na coxia, levantou-se e pulou em cima de mim. Doutor, o sargento era um homem grande. Sabe Sá Filho, que jogou de beque no Ceará? O sargento era daquele tamanho e escuro, puxando pro mulato. Eu sou esse tico de gente que o senhor está vendo, mas na hora da raiva o homem cresce, por mais mirrado que seja. Ele pulou, eu quis segurar o braço dele, cadê jeito? Ele me deu um arrebite que senti gosto de sangue na boca. Virgílio e Leocádio quiseram se meter para apartar, ele deu um tapa em cada um, me torceu o braço com a maior facilidade e ficou sustentando minha mão nas costas. Se eu fizesse por onde, meu dedo encostava no meu cangote, veja o quanto ele torceu meu braço. Era uma dor tão lascada que meu braço ficou adormecido do cotovelo pra baixo. Doía que só a gota. Uma dor de fazer esmorecer. Meu braço não era meu, desde o ombro até a ponta dos dedos. Um formigamento, não sabe? Eu nem posso explicar, nem o senhor ia entender porque eu tenho pra mim que nunca sargento nenhum torceu o braço do senhor. Doía que só o cão, mas eu sustentei o repuxo. Engoli em seco e fiquei ali: me danando e aguentando. Ele aí, não satisfeito, saiu me arrastando pela rua como se eu fosse um moleque. Todo mundo olhando. Gente conhecida, doutor. Até Marietinha de Carlito, com quem já andei tendo assuntos delicados, viu o homem me carregando. Pra mim, foi naquela hora que o braço se quebrou, não foi quando o guarda da delegacia me deu com o cassetete. Foi não, posso garantir. Na hora do cassetete o braço já estava quebrado, ora se. E o diabo do sargento me arrastava com tanto ódio que deu pressa nele. Na ligeireza do me arrastar eu nem tinha tempo de mudar o passo. Aí deixei as pernas ao relento e elas iam era tirando faísca do calçamento. Só me soltou na delegacia. Aí, inocente, cheguei a pensar: pronto, aqui na delegacia eu ganho, porque autoridade por autoridade o delegado também é. Doce ilusão. O delegado nem me escutou. Quando viu que o homem era sargento, porque ele já foi entrando com a carteirinha na mão, o delegado ficou igual a mim. Levantou-se, cheio de coisinhas, e só falava tá certo, sargento, sim senhor, sargento, a razão é do senhor, sargento, como foi isso, sargento? Ora, se a razão podia ser dele. Sabe o que eu tinha feito? Tinha dito pra ele que estava na fila há muito tempo e que ele, que estava chegando naquela hora, tinha que entrar no começo da fila, lá atrás. Foi só isso que eu disse, pra ele fazer a confusão todinha. Todo mundo na fila me deu razão. Quer dizer que me deram razão no começo. Da hora em que ele falou sargento em diante, não tive mais nenhum do meu lado, mas passo por cima disso. O delegado escutou tudo que ele disse. Mas o que ele disse, doutor, só o senhor estando lá para acreditar. Que eu tinha desacatado a farda, tinha ofendido ele, tinha agredido, não falou na fila hora nenhuma. Eu ainda quis lembrar. Disse: e a fila? Foi a hora do cassetete do guarda, mas, pra mim, o braço naquela hora já estava quebrado. O delegado ouviu, olhou pra mim, eu disse doutor delegado, foi o seguinte. Cale a boca, seu corno. Já começou assim. E daí pra frente foi um desconsolo. Me chamou do que bem quis e entendeu e eu calado, primeiro porque a dor do braço só aumentava, e segundo porque o guarda me segurou pelas costas, com a mão assim na minha boca, apertando tanto que até me abalou esse pivô que eu tenho aqui na frente. Muito bem. Depois de bem esculhambado, me botaram no xilindró. O braço parecia que não era meu. Sabe, doutor? O diabo do braço parecia mais comprido. Acho que era porque tinha se quebrado. Não sei, porque eu não entendo de ossatura, mas, pra mim, o osso quando quebra se estica, porque o meu braço vinha aqui. Uma coisa por demais. Junto comigo no xadrez estava um meninote por nome Julinho Gambá, que tinha se feito na faca pro lado de um deputado, naquela rua que sai do palácio, um espanhol que foi preso roubando um carro na Guilherme Rocha e mais uns três ou quatro que nesse mesmo dia saíram. Fiquei na cadeia um mês e tanto. Todo santo dia o sargento vinha e ficava um tempão me espiando. Parava na grade, coçava o queixo, que tinha inchado como o tinhoso, porque, na porrada que eu dei nele, ela pegou bem aqui e o queixo cresceu, ficou arroxeado, não sabe? Ele parava, coçava o calombo da cara, aquele olho encarnado de raiva, eu não dizia nada. Ele ficava bem uns cinco minutos. Aí dizia que quando eu saísse ia apanhar de novo e depois ia embora. No dia seguinte, a mesma cantilena. E ele vinha coisa de meia hora antes de trazerem a comida, de modo que isso ia me tirando o apetite, porque eu sabia que ele dava em mim as vezes que quisesse. Só tinha uma coisa: por mais que eu quisesse, eu não me arrependia de ter descido o cacete nele. Não faz mal, eu pensava. Um dia eles me soltam e aí eu me dano de Fortaleza e nunca mais esse sargento me encontra. E toda noite eu sonhava, doutor. Mesmo assim eu sonhava. É uma coisa engraçada: sonhar, na cadeia, é difícil, doutor, porque o chão era de terra e não tinha conforto nenhum. Cadeia é muito desconfortável, doutor, não sei se o senhor já foi preso. Se foi, sabe que cadeia é a coisa mais triste que tem. Quem já passou por essa infelicidade sabe. E mesmo assim eu sonhava e, quando eu sonhava, toda noite era o mesmo sonho: era o sargento gritando que já tinha comido muito a minha mãe. Todo mundo no mercado escutando. Eu me acordava empapado de suor. E não saía do meu pensamento a cara do sargento, com o calombo roxo no queixo e aquele olho encarnado, feito o olho do capeta. Era como se o sargento estivesse bem aqui, na frente da minha cara, olhando pra mim com o olho vermelho, aquele bigode ralo, o calombo crescendo no canto da boca. Eu já comi muito a senhora sua mãe. Deixa estar, eu pensava. Meu comportamento na cadeia, doutor, foi como se eu fosse uma moça. Sim, senhor, uma moça de família decente. Não reclamei de coisíssima nenhuma, não exigi um negocinho que fosse, nunca pedi isso nem aquilo. O que me trouxessem pra comer estava bom, o que mandassem fazer eu fazia, uma moça. Fui guardando. De manhã o sargento chegava, ficava me olhando, o queixão por acolá, tinha dia de cuspir em mim. Gritava que quando eu saísse ia apanhar de novo, tudo direito, deixa estar. Um dia eles me soltam e aí eu vou agir. Saio de Fortaleza mas, antes, faço uma desgraça. Sim, doutor, porque tem coisa que não pode ficar aos cuidados de Jesus. Uma vez ou outra a gente tem que agir por conta própria, que Jesus tem mais com que se importar. Deixa estar. Um belo dia o tal guarda do cassetete veio, abriu a porta e disse: – Julião, pode sair. Eu, de começo, nem acreditei. Pra mim, eles iam me deixar preso pro resto da vida. Mas ele disse: – Anda logo, Julião, vai-te embora. Eu peguei o que era meu, perguntei se podia levar a tala que o farmacêutico tinha botado no meu braço, ele disse que eu podia, vesti minha calça, peguei meus documentos, disse passe bem ao delegado, que nem me deu resposta, cheguei lá fora... ah, doutor, respirei como se o mundo fosse se acabar. O povo andando na rua, os carros passando, aquele ventinho bom me lavando a cara, eu estava livre, doutor. Então tinha chegado a hora. Aquilo podia ficar assim? Mas nem que eu tivesse sangue de barata. É agora, Julião, eu pensei. É hoje. Ia passando o carro de Zé Jabão, fiz sinal, ele parou, eu entrei. Toca pra zona, eu mandei. Cheguei lá, chamei minha mãe e lhe disse tudo que eu vinha guardando desde...

Provador de uísque

Uma salva de palmas marcou a entrada do homem gordo na sala. Era simpático e rosado nas bochechas caídas. Altamente reverenciado pelos presentes, foi conduzido ao lugar de destaque: uma mesa elevada cerca de metro e meio em relação às cadeiras, dispostas de modo a fazer da sala uma espécie de auditório. Sobre a mesa, duas dezenas de copos de cristal portando idêntica quantidade de bebida. Acenderam-se luzes mais fortes. A televisão começava seu trabalho. Um locutor, calça mais curta do que o exigido pela moda, falou em *close-up*:

— O Senhor José Balcarce iniciará agora o seu número, gravado especialmente para o "Fantástico".

Deoclécio, num canto da sala – onde entrara por engano –, observava sem entender. Quis perguntar ao vizinho o que era aquilo, mas um psiu o fez calar se.

O homem gordo levantou-se e disse uma porção de frases em espanhol, privando Deoclécio – monoglota da resposta pretendida. Terminada sua locução, o homem gordo voltou a sentar e as luzes se apagaram. A câmera da TV transferiu-se para um lugar pior, que o diretor julgou melhor, e a filmagem recomeçou.

– É para o "Fantástico" – disse o vizinho a Deoclécio, respondendo a única coisa que o pobrezinho já sabia.

O homem gordo, então, pegou o primeiro copo, levou-o à boca e sorveu um gole pequeno. Não engoliu o líquido, todavia. Fê-lo dançar de bochecha a bochecha, trouxe-o à frente da boca, fazendo bico, levantou o queixo, pareceu gargarejar, depois depositou o líquido, discretamente, numa vasilha de prata que lhe foi estendida. Então, puxou o microfone e falou, com segurança espanhola:

– White Label.

Vibrantes as palmas que sublinharam as palavras do homem gordo, que, ato contínuo, tocou o segundo copo com a mão redonda. Repetiu tudo. Bochechou, fez o líquido correr toda a boca, trouxe-o ao bico – ficava engraçado quando fazia esse biquinho –, simulou um gargarejo, depositou o líquido na vasilha de prata, foi ao microfone:

– Dimple.

Os aplausos mostravam o novo acerto do homem gordo, insuperável provador de uísque.

Deoclécio, na plateia, fez uma cara de como-é-que-pode e se levantou para ver, mais de perto, aquele homem incrível, capaz de, numa simples bochechada, ter a petulância de adivinhar, sem erro, a marca do uísque. Chegou junto à mesa quando o homem gordo já fazia o biquinho com o líquido do terceiro copo.

– Passport.

Palmas.

O homem gordo não estava satisfeito. Levantou a mão, pedindo silêncio:

— É fabricado no Brasil.

Aí, então, foi uma explosão de aplausos e assovios entusiasmados, além de gritos de "bravo" e "muito bem". Deoclécio assistiu de pertinho à quarta e quinta provas, na qual o homem gordo identificou um Vat 69 e um Johnny Walker (selo preto) com a maior facilidade. Era demais. Deoclécio entrou em cena.

— Tira esse cara daí! — berrou o diretor da televisão.

O homem gordo impediu. Sentiu que era um admirador e aos fãs não se dá outra coisa que não carinho e autógrafos. Sem que se saiba por quê, a plateia fez silêncio de gravação. Deoclécio pegou um copo vazio e despejou nele uma bebida, sem que o gordo visse. Em seguida, lhe estendeu o copo, com cara de e-esse?

— Oh! — fez a plateia, como, aliás, é comum.

Era um desafio. O homem gordo mostrou que aceitava, ao tomar o copo na mão. Pôs-se de pé. Sabia que estava sendo desacatado, mas não fazia mal. Já acontecera a mesma coisa uma noite em Mérida e ele acertara. Naquela ocasião, tratava-se de um uísque americano. Desta vez, não seria diferente. Sorveu um gole pequeno. A plateia, muda, também se levantara para ver melhor. O homem gordo trouxe a bebida de uma bochecha à outra e fez uma cara estranha. Não esperou a vasilha de prata nem fez o biquinho que era tão engraçadinho. Cuspiu a bebida no chão e deu um soco na mesa:

Señor — disse, aborrecido — esto és... esto és urina!

Viraram as luzes e a câmera para a cara de Deoclécio, que, imperturbável, olhava o homem gordo.

— Eu sei que é, mas... de quem? De quem?

Homossexual

Não lembrava quando começara a não sentir atração por mulheres. Remexendo na lembrança, ia ao comecinho da vida, tempo em que andava escanchado em cavalo de palmeira e chutava bola de meia, passava pelo grupo escolar... Naquele tempo? Podia ter sido, sim. Havia um amigo maior, por nome Jesus, que vinha sempre com aquela brincadeira de segura aqui, pega ali... Jesus? Mas tinha que idade? Sete anos? Oito?

Sofria, na procura do motivo que o fizera homossexual. Não podia dar a desculpa de colégio interno. Como? Frequentara o externato do grupo escolar, como os demais meninos da cidade. Era, no entanto, diferente dos outros.

– Preciso descobrir...

Mortificou-se por anos, na inútil tentativa de achar a razão e a coisa que o levaram a afeminar-se. Não que hoje tivesse alguma coisa contra seu hábito. Pelo contrário. Já assumira. Nada se importava com olhares atravessados e gracinhas partidas, geralmente, de quem já fora testemunha carnal do seu problema.

Até que um dia tomou a determinação considerada salvadora.

– Perdido por um, perdido por mil.

Pronto. Estava na hora de deixar de querer cobrir sol com morim ou viver fazendo-de-conta. Claro que, na cidade (era uma cidadezinha mínima, dessas que não ganham ponto preto no mapa), não eram muitas as pessoas a ter conhecimento e, principalmente, certeza de que Oriosvaldo usava esse "predicado" que só é passável, sem grandes dificuldades, em São Paulo ou no Rio – pobres cidades perdidas. Mas estava resolvido. Agora estava.

– Vou contar para o vigário.

Isso decidido, ainda esperou cinco semanas. Bebia um cálice de coragem cada dia, imaginando o modo como entrar no assunto. De que jeito contar ao padre essa baixeza, negócio escabroso, vil, sórdido? Sórdido! – palavra que considerou boa, quando melhor seria "triste". Mas o padre estava ali para esse serviço. Ou não era? Padre, no confessionário, ouve de tudo. Talvez o caso dele fosse, até, banal. Piores coisas o vigário deveria ter escutado de Dona Fulaninha ou Dona Sicraninha, aparentemente santas e que se escondiam nos escuros da estação com Beltranos que não eram oficialmente seus. Não havia como comparar.

– Chego e conto.

Era como havia de ser. Entrar logo no assunto, dizer do seu defeito ou problema, ir ao fundo do poço e até contar que, atualmente, não podia ver o escrivão Rebouças sem que os pelos do braço se eriçassem e acontecesse uma tremura nos baixos posteriores do sexo.

Esperou uma segunda-feira, dia em que certamente a igreja estaria vazia. Admitiu, temeroso, que segunda-feira pudesse ser dia de folga e a igreja não se abrisse aos fiéis. Gozado. Deus não tem folga. Ou tem? Assim mesmo, foi.

Danado foi enfrentar o padre antes da hora.
– Eu queria me confessar – conseguiu dizer.
– Mas claro, Oriosvaldo! Vamos para o confessionário.
Ajoelharam-se. Houve um silêncio. Aqueles dez segundos de três minutos. Então, aspirando coragem, Oriosvaldo começou com a frase que era um soco.
– Padre Remo, eu sou homossexual.
Pegou no queixo do padre. Quando o sacerdote esperava ouvir uma coisa dessas? Foi frase de lhe tirar o fôlego. Padre Remo sentiu necessidade de uma pausa, recompor-se, preparar-se para ouvir a confissão inesperada, quase inacreditável.
– Um instante, meu filho. Vou fechar a porta da sacristia. Não esperava ninguém, a porta ficou aberta.
Levantou e foi. Na ausência do padre, Oriosvaldo arrependeu-se. O que era que o vigário tinha com isso? E homossexualismo é para ser resolvido na igreja ou na medicina? Sabe de uma coisa? O melhor era ir embora.
Até acelerou o passo, na fuga.
O padre voltou ao confessionário sem se aperceber de que o Oriosvaldo já não estava. E perguntou, no momento justo em que Trolhinha, o sacristão, passava:
– Há quanto tempo é homossexual?
Trolhinha estancou, escorado na vassoura que conduzia para varrer o chão do altar. Encarou o padre e disse, encarnado e trêmulo:
Dois meses, seu padre, mas até hoje só tive arrumação com Zeluar, do armazém.

| Foguete

E o negócio não saía. Um dia quase Feliciano concordou com o preço: chegou a fazer boca e jeito de quem vai dizer "tá certo", mas Tinoco falou que aquele preço era à vista e Feliciano, depois de lhe dizer poucas e boas, deu-lhe as costas e saiu, batendo com os calcanhares no rabo, arrependido de ter tentado negociar com aquele safado, de quem – é bom que se diga – nem entendia como era compadre.

– Arrependimento, na vida – dizia à mulher –, só tenho um: ter dado meu filho para aquele corno batizar.

– Não diga isso, Feliciano. Compadre Tinoco é homem fino.

– Se fosse, me vendia o cavalo.

Ora, ainda mais essa! Brigar com Compadre Tinoco por causa de um cavalo...

A mulher não entendia que não era um cavalo qualquer. Ora. O cavalo Foguete, alazão tostado, estrela branca na cara, calçado das quatro patas, crina de garanhão descendo vistosa e saltitante pelo pescoço. Foguete era, mesmo, coisa especial, cavalo puxado no luxo, imponência de rei, fosse trote ou galope o solicitado pelo cavaleiro a quem tivesse dado a honra de servir de monta. Por onde passasse, ninguém negava uma frase de elogio.

– Aquilo é que é animal!

Um luxo talvez seja pouco para definir Foguete, bicho que juntava, na maior perfeição, beleza e candura. Qualquer menino podia montar.

– No botar o pé no estribo, Foguete já sabe com quem está falando.

Era.

Aos homens bons de monta, Foguete oferecia o galope largo; aos meninos inexperientes, o passo medido. Tinoco quase se gabava de poder dizer:

– Deixe o menino sozinho. Foguete sabe quando pode e quando não deve.

Era.

Dava a volta inteira na praça, menino no lombo, passo a passo. Os pais nem se assustavam. Por isso, *um luxo* talvez seja pouco para definir Foguete. Um anjo? Um doce? Xente, Foguete, no fim, era a perfeição em quatro patas.

Era.

Mas Tinoco não vendia. Feliciano, louco para ter o animal, aumentava a proposta a cada investida.

– Quer vender Foguete? Abra preço.

– Quero não, Compadre. Foguete eu tenho é para monta, não é para negócio.

– Mas tudo tem preço, Compadre. Diga o preço. O negócio fica na dependência do preço.

Começava assim. Daí para a briga era questão de dez minutos.

– Por esse preço, só se sua mulher vier de quebra.

— Não, porque tem o perigo de você me mandar a sua e o doutor me proibiu camarão e bucho.

Não chegavam aos sopapos, mas bem que andavam pertinho, atracação à vista.

— Eu soube que você e Tinoco... — era a mulher.

— Hora de jantar não é hora de falar naquele corno — Feliciano cortava o assunto.

Motivos para desistir de vir a ser o dono de Foguete, ninguém os tinha mais que Feliciano. O certo seria nem querer mais conversa sobre o animal. Mas como? De uma hora para a outra, vindo da Rua dos Correios, aquele pocotó inconfundível, marcado, deslizante, macio.

— Lá vem Tinoco, no cavalinho dele.

Era.

Foguete, pelo reluzente e cabeça espichada, não custava a aparecer carregando Tinoco no lombo, bota brilhosa enfiada nas esporas de prata. Não era uma tentação?

Era.

Vai daí uma noite Feliciano bateu na porta do compadre, com o bolso estufado pelas notas recebidas graças ao milhar do cavalo. Botou o dinheiro em cima da mesa, afrontoso e definitivo.

— Conte e me diga se isso vale Foguete.

Os contos de réis, separados em pacotes de dez, foram argumento suficiente. Tinoco botou brilho nos olhos acarinhando o dinheiro da tentação.

— Oh, compadre, que você é teimoso!

— Contou? Então me diga a resposta.

Dinheiro vivo é argumento de valor. Tinoco quis ter coragem para recusar, mas os pacotes eram muitos e gordos. Fecharam o negócio.

— Amanhã eu lhe levo o cavalo.

Ora, se isso era coisa que se propusesse! Foguete ia agora, esfogueteando a noite, pocoteando pelo silêncio das ruas, exibindo seu novo dono, obediente ao menor movimento da rédea.

— Vambora, Foguete.

Afinal! Há três anos Feliciano tentava o agora conseguido. Mal pôde esperar amanhã – dia de feira – para ir à cidade mostrar seu possuído.

No cagar dos pintos já estava vestido de roupa e de riso, encilhando o animal. Ao lhe pôr o freio, a decepção. Foguete, dos dentes, não tinha nenhum. Feliciano escancarou a boca do animal, conferindo. Banguela!

— Ah! Ladrão!

Mas isso não ficava assim. Evitando ser visto, Feliciano tomou os atalhos possíveis que o levassem à casa do compadre e nem se deu conta de gritar "ô de casa". Foi berro, doutor, foi berro.

— Cadê o ladrão que mora aqui?

E, na chegada do compadre, Feliciano lhe jogou a rédea na mão.

— Taí seu cavalinho e me dê meu dinheiro, ladrão safado! O cavalo não tem dente!

Tinoco não se aborreceu nem tentou argumentar. Amarrou o cavalo no pé de manga e foi ao quarto buscar o dinheiro a devolver. A mulher quis saber o que se passava. Tinoco não se perdeu em explicações:

— Feliciano. Veio devolver o cavalo.

— Xente! Vivia querendo comprar...

— Pois não é? Pra mim, ele queria o cavalo pra montar, mas eu acho que ele quer um cavalo é pra comer rapadura.

Negócio perdido

Desde que chegara ao Brasil, trazido pelo desejo de ficar rico, dono de uma casa de comércio – tantos eram os exemplos de patrícios vários –, Carvalhal alimentava, com igual tamanho, a possibilidade de realizar um sonho até então impossível: ter sua própria casa. Morador pobre de uma aldeia portuguesa, alguns fartos quilômetros afastada de Vila Franca do Xira, mesmo lá morava em casa alugada. Não havia na aldeia mais três no seu caso. As casas, de um modo geral, podiam ser feias, pequenas, inconfortáveis ou pobres, mas cada uma delas pertencia ao seu morador.

– Carvalhal!... quando a gente casar...
– Já percebo o que queres dizer. Uma casa.
– Nossa casa. Temos que comprar uma, não achas?

Ele achava, mas o dinheiro da carvoaria, por enquanto, não permitia que levasse o assunto à frente. Assim, já casado havia três anos, continuava na casinha alugada do tempo de solteiro e, pior, sem economias que permitissem sequer o suficiente para a entrada.

– Carvalhal, tenho uma surpresa pra ti.

O que Dona Rosa chamava de surpresa era, de fato, um presente: dinheiro.

— Raios! Que dinheiro é este?

— Estou a economizar desde que casamos. Conta, Carvalhal, e vê se dá pra entrada da casa.

Carvalhal contou e recontou os contos de réis de Dona Rosa, mas já não pensava na casa. Agora o que despontava na sua cabeça era um vapor a sair da cidade do Porto, pá!

— Brasil? — perguntou Dona Rosa, algo desanimada.

— Pois! Ouve cá...

Desfilou uma dezena de ótimos exemplos. Ela mesma sabia de muitos patrícios que, saídos pobres de suas aldeias, desfrutavam hoje de invejável situação no Brasil.

— Sabes que alguns são, hoje, donos de casas bancárias?

Dona Rosa tinha suas dúvidas, seus temores... mas, se era essa a vontade do marido... Oh! Como são obedientes e cordatas as mulheres portuguesas! Aí, vieram.

Já estavam havia doze anos no Rio de Janeiro e não foram poucas as oportunidades aparecidas para que a casa fosse comprada. Carvalhal, no entanto, infalivelmente sugeria outra aplicação para o dinheiro. Antes de tudo, o bar.

— Bem... que seja.

Dona Rosa até achou prudente. Serem proprietários de um bar de bom movimento — era no Estácio — talvez fosse negócio mais inteligente do que comprar uma casa e Carvalhal continuar empregado na oficina mecânica. O faturamento do bar, onde seriam patrões, poderia apressar as economias proporcionadoras da realização de um sonho havia trinta anos alimentado.

Carvalhal nem tanto, já que o serviço do bar o deixava prostrado ao final da noite, mas Dona Rosa contava diariamente o dinheiro economizado, guardado numa caixa de sapatos; ou alguém a julgava uma dessas imbecis que vivem a botar seu rico dinheirito nesses bancos que, diariamente, estão a ser assaltados? Podia não ser mulher letrada, já que o trabalho nas videiras de sua rica aldeota nunca lhe permitiu frequentar escolas, mas de idiota não tinha nada.

Foi presente de Natal ao marido. Chamou-o ao quarto – moravam no segundo andar do bar, sobrado de aluguel.

– Tenho cá o teu presente de Natal.

De uma sacola de supermercado tirou a caixa de sapatos e a depositou nas mãos do marido.

– Anda, pá. Abre.

Carvalhal não sabia se ria ou chorava. Raios! Como a mulher conseguira aquele milagre?

– Quanto tem?

Não tinha muito, mas quem sabe não haveria ali o bastante para negociar a casa vizinha? Ideal para eles, pelo tamanho e a proximidade do bar. A tentativa de comprar resultou em nada, pois nem o vizinho queria vender a casa, nem o dinheiro daria. Um compadre, posto a par do que acontecia, aconselhou uma caderneta de poupança.

– Juros... correção monetária...

Um ano depois a casa apareceu. E – imagine! – exatamente a do vizinho.

– Quanto quer?

– Quero tanto.

Era o tanto que possuíam. O tanto pedido era uma pechincha, só que havia um porém.

— Tenho outros pretendentes. Dou-lhes um prazo. Se me trouxer o dinheiro até as 4 da tarde, a casa é sua. Se não, vendo ao Seu Pestana, do açougue.

Eram duas horas. Carvalhal sabia que dava tempo. Em 120 minutos, facilmente, iria à Caderneta de Poupança, retiraria o dinheiro e o entregaria ao Dr. Meira.

— Vai de táxi, amor. Eu fico cá a te esperar.

Três horas. Três e quinze. Três e meia. Três e três quartos... Dona Rosa tentou uma dilatação do prazo. Dr. Meira negou. Quatro horas. Quatro e quinze...

— Se o Seu Pestana chegar, a casa é dele, Dona Rosa. A senhora há de entender.

Seu Pestana chegou. Dona Rosa entendeu. Ou não entendeu. Queria saber o que acontecera. Somente meia hora depois Carvalhal apareceu, nervoso, explicando a razão do atraso, motivo único da perda da casa:

— A escada rolante enguiçou; esperei quase duas horas até que a consertassem.

Compadre visitante

Imaginara uma visita de meia horinha e já ia para cinco horas que estava na casa do compadre. Tentara ir embora várias vezes mas sempre aquela estória de ainda é cedo, fique mais um bocadinho, antes tome um café...
– Que horas são?
Perguntara já se pondo de pé, mostrando, novamente, o desejo de partir. Mas a resposta foi cortante.
– Hora de jogar um biribinha...
Fora a comadre quem propusera. Como discordar ou discutir? Assim, foi ficando até que anoiteceu. Chegara antes do meio-dia e já passava das sete. Romualdo não tinha compromissos e nem mulher a quem prestar contas. Solteiro e desempregado, podia ficar o tempo que quisesse, mas, que diacho, não queria incomodar.
– No dia em que o compadre incomodar, o sol esfria, não é, Viriato?
– O compadre só dá é prazer.
Decidiu, então, que agora o casal se quisesse que o fizesse ir. Ele não moveria mais uma palha nesse sentido. Gostavam da companhia dele? Então, podiam aprovei-

tar à vontade, porque pelo menos para o jantar era garantido ficar.

– Nezinha, bote o jantar.

Durante a refeição a chuva começou. E já veio grossa e caudalosa, botando na rua pra mais de um palmo d'água, fazendo com que, inclusive, alguns carros parassem no meio do rio que corria na rua, levando pedaços de madeira, latas e brinquedos quebrados.

– Isso é chuva de ficar.

– Nada, compadre. Chuva de verão.

Que verão é esse que à meia-noite o molho ainda descia e a água da rua já ameaçava entrar em casa? Como pegaria condução para sua casa?

– O compadre dorme aqui.

A sugestão de Dona Mirtes foi imediatamente aceita por Seu Viriato como abençoada. O problema era o lugar onde o compadre iria dormir, porque a casa só tinha um quarto, e o sofá da sala estava no forrador.

– Eu durmo no chão, compadre.

– Mas nem morto! Dorme na cama, com a gente.

Romualdo achou que o compadre dissera aquilo de brincadeira, mas já Dona Mirtes saía para ir buscar um pijama.

– Na cama, compadre? Nós três? – perguntou baixo, querendo que não fosse verdade.

– E o que é que tem?

Dona Mirtes trouxe o pijama listrado e o entregou no colo de Romualdo, enquanto Seu Viriato dirigia-se ao quintal.

– Que diabo é que tá acontecendo aqui?

Romualdo sentia-se incapaz de entender. Amizade tem limite e hospitalidade ainda mais. Seu Viriato voltou encharcado, com uma tábua debaixo do braço.

— Essa tábua é pra botar na cama, que eu não confio em você, não, cabra safado — disse, rindo.

E era. Deitaram-se. Seu Viriato na ponta da cama, Dona Mirtes no meio e Romualdo na outra extremidade. Entre ele e a comadre, a tábua, separação protetora.

O dia seguinte amanheceu ensolarado. Quem acordou primeiro foi Dona Mirtes. Estava na cozinha preparando o café quando os dois surgiram, ainda de pijama. Seu Viriato trazia a tábua de separação.

— Dormiu bem, comadre?

— Bem — respondeu, seca.

Enquanto a água do café não fervia, os dois homens foram para o quintal, ainda úmido. Uma cerca havia caído e a haste, na horizontal, convidava ao salto.

— Que altura tem ali? — perguntou Viriato.

Romualdo calculou um metro e coisinha.

— Duvida eu pular?

Não esperou resposta. Marcou carreira e... vup! caiu do outro lado.

Dona Mirtes apareceu com uma xícara em cada mão, hora em que Romualdo preparava-se para sua tentativa.

— Ande, Romualdo, pule!

Ele ia começar a carreira quando Dona Mirtes o impediu, colocando a xícara em sua mão.

— Nem tente. Ontem não pulou uma tábua, como é que quer pular isso?

Paquerador

Paquerador, Don Juan, Pirata, Lobo... podiam chamar do nome que quisessem. Para ele, tanto fazia. Queria mais era aproveitar a vida, apostar nas corridas, passear, nadar, pegar sol, jogar futebol na praia com o pessoal da obra nos fins de tarde e, principalmente, namorar. Namorar o mais possível.

– Eu não escolho. Caiu na bandeja, pego a faca.

E era verdade. Da cor que nascesse, do jeito que tivesse, do corpo que possuísse, tudo era lucro para Urbanão – mulato tirado ao sarará que vivia de fingir tomar conta de carro.

O apurado na semana, arriscava nas corridas de cavalos, onde, vez por outra, chegava a sair com o mesmo dinheiro com que entrara. Isso nos dias de privilégio.

– Vício na vida, xará, eu só tenho dois: mulher e cavalo.

Escondido nas vielas, escorado nos postes, ficava horas e horas dizendo imundícies às mulheres que passavam. Muitas vezes, até às acompanhadas, desde que se julgasse capaz de superar o homem que a trazia ao braço.

E não passava uma noite que não deitasse uma na bandeja. Sabe que mulher não sabe escolher, não é? Acho que era por essa razão que não chegava ao Urbanão uma noite de jejum. E, depois, tem a fama. Uma conta para a outra, que conta para a outra, que conta para... podia ser isso, também. Não sei. O fato é que de manhã e de tarde juntava um dinheiro razoável nas calçadas, de noite "bandejava" e no sábado e no domingo perdia nas patas dos cavalos o ganho da semana. Mas se importava? Coisa nenhuma. Isso, no fim, era aproveitamento total da vida, seu doutor. Mulher e cavalo.

— Hoje tá vivo e bulindo, amanhã tá debaixo da terra, na sufocação. O negócio é hoje; o resto é subúrbio.

Contaram ao padre.

— Deus que o perdoe! — foram as primeiras (e originais) palavras do vigário ao saber que na sua paróquia havia um homem com tanto despudor e falta de moral. — Deus se compadeça da sua alma. Preciso conhecê-lo!

Está certo. Mas quem o convenceria a, pelo menos, entrar na igreja? Imagine fazê-lo aceitar suportar uma confissão! E confissão pra quê? O pessoal da "bandeja" era composto de empregadinhas e babás, nada que ofendesse a burguesia. Ia? Nunca! Se fosse mulher de político era outra estória, mas empregadinhas e babás são bandeja sem pecado.

— Vai lá, Urbanão. O padre pediu.

— Aqui, ó!

Passaram-se três meses. Noventa dias de calçada, bandeja e Jóquei-Clube, como sempre. Para muitos poderia ser monótono; para Urbanão, consagrador. De vez em quando, um repeteco: uma babá de quarta-feira cruzava com ele na Rodolfo Dantas "por acaso"... bandeja.

Um dia sonhou com a mãe. Diz ele que a mãe o convenceu. Não sei. O fato é que no dia seguinte o padre o recebeu no confessionário. Nem acreditou.

– Urbanão?
– Eu mesmo, seu padre.
O reverendo teve vontade de dispensar os que faziam fila atrás dele. Ali, naquela confissão, com certeza havia assunto para uma manhã, um dia inteiro.
– Fale, meu filho.
– Fale o senhor. Não foi o senhor quem me chamou?
O vigário temperou a garganta e começou, com muito jeito, uma espécie de sermão de conselhos. Aquilo era feio, não se devia fazer isso, as mulheres mereciam o respeito... Deus o salve, Deus o benza, aquela conversa de pecador.
– Tem jeito, não, seu padre. Mulher e cavalo é minha doidice. Agora mesmo eu estou de olho em três mulheres que moram aqui nessa rua.
O padre enrubesceu.
– A mulher do farmacêutico? (Não era.) Já sei: a mulher do advogado, do 307? (Não era.) Só pode ser a mulher do professor de Física!
Não era; e Urbanão já se levantou. Como continuar a confissão depois de receber do padre essas três barbadas?

| Cavalo doido

A cada pinote o cavalo subia dois metros, retorcendo o espinhaço, arreganhando os dentes, relinchando grosso feito cavalo de filme. O diabo em figura de animal. Sabe gato quando vê cachorro com fome? Era daquele jeito que o cavalo ficava; crina avoante, troc-troc feroz de patas batendo no calçamento, pescoço bulindo de um lado para o outro, olho prometendo coice, patada pra todo lado. O diabo em figura de animal, penso, até, já ter dito isso. Mas posso repetir, por ser verdade verdadeira. Uma atração inusitada na Feira de Caxias, frequentada, de modo geral, por gente que não sabe o que significa "inusitado". O que, aliás, não é inusitado.

– Quem é que sobe no lombo de Tufão?

A voz do dono do bicho era rouca e o bafo espargia um som de cachaça. Tinha um boné ensebado a lhe cobrir a calva e uma mão no bolso e outra na rédea. Era só a quem o animal obedecia.

– Aquieta, Tufão!

Pronto. O cavalo virava cordeiro, mais manso do que gato de apartamento. Cara para o chão, rabo entre as pernas. Uma cara sonsa, querendo ser freira.

Era um desafio. O homem cobrava dois cruzeiros a quem montasse no cavalo e, no caso do ginete permanecer vinte segundos em cima da fera, ganhava 100. Havia duas horas o espetáculo acontecia e, até aquele momento, uns 30 haviam tentado, e o que se saíra melhor estava entregue aos cuidados do farmacêutico, com escoriações generalizadas, além de um relógio quebrado.

– Quem é que sobe no lombo de Tufão?

O povo em volta se entreolhava. A maioria, realmente, preferia assistir a aventurar. Mas tem gente à beça que adora assistir a desgraça dos outros.

Foi quando, abrindo espaço entre dois padres, apareceu o amarelinho. Magro, mirrado, um-dente-sim-um-dente-não. Amarelinho, amarelinho. Ficou na frente da roda, dedo na venta, cara perguntante.

– Você aí, Germano, venha cá.

O amarelinho foi.

– Tá aqui. Ninguém quer, não é? Pois o Germano vai mostrar que macho se escreve é com C-H. Não é, Germano?

O amarelinho se riu. Não sabia direito como era que se ria, mas fez o possível.

– Ande, Germano. Suba no lombo de Tufão e me leve esses cem contos, porque parece que só você é capaz disso, Germano!

O amarelinho olhou em volta. Os padres lhe deram um aceno divino como resposta. O cavalo, acomodado, quieto, ar de trouxa, mastigava um capim que se espremia entre duas pedras do calçamento. Nem se dava ao trabalho de abanar as moscas da anca. Leso.

– Tome. Suba aqui, Germano!

As mãos entrelaçadas do dono serviram de degrau para o amarelinho, que, num golpe, escanchou no lombo de Tufão, provocando aquele murmúrio que a multidão faz cada vez que inveja um feito.
– Segure a rédea, Germano.
Ordem dada, ordem obedecida. O amarelinho ajeitou melhor na sela o que era seu (e pouco usava), enrolou a rédea na mão e, mais uma vez, olhou em volta.
– Deus o proteja – disse um dos padres.
Aí a voz do dono libertou Tufão para o serviço.
– Avia, Tufão!
Foi um salto só. No primeiro corcoveio o amarelinho foi jogado por cima da multidão que fechava a roda, caindo sobre uma barraca de tomates cujos preços estavam com desconto, na opinião do feirante.
No hospital disseram que havia 15 fraturas. O médico tranquilizou; não dava pra morrer, mas seis meses de hospital era coisa garantida. Ao voltar da anestesia, o amarelinho, cheio de gesso e de talas, só disse uma frase:
– E o mais danado, doutor, é que eu nem me chamo Germano...

| Turista

O desespero começava a se transformar em agonia. Ah! Fosse na sua cidade, nada disso estaria acontecendo. Mas Caratinga estava longe! Tanto quanto a felicidade de conseguir encontrar uma farmácia aberta – seu único desejo naquela noite. Por isso, não parava de resmungar.

– Cidade grande e nem ao menos uma farmácia de plantão.

Inacreditável. Caratinga, pequenina como era, nunca deixou de ter uma farmácia aberta. Mesmo nas noites de domingo. Ali, no entanto, cadê? Viva Caratinga, onde seu Claudinho pensava no povo.

– A gente não sabe nunca quando alguém vai precisar de nós, né?

Era assim que Seu Claudinho falava, justificando o fato de manter, quando pouco, pelo menos meia porta aberta. Inclusive nos domingos à noite. Essa lembrança, aliás, fez Alinor se penitenciar, mudamente desculpar-se pelas inúmeras vezes em que definiu como ganância de Seu Claudinho aquela invenção de não fechar nunca. Num intervalo dos resmungos, lembrou de um diálogo, de anos passados, com Seu Claudinho.

— E sempre aparece gente precisando?
— Nem sempre. No mês passado, abri os quatro domingos e nada. Não vendi sequer um comprimido.
— E vale a pena abrir? O senhor podia descansar.
— Podia; mas se alguém precisasse de um remédio urgente?

E ele, errada e precipitadamente, chamava de ganância essa gratuita demonstração de... quê? Fraternidade? Amor ao próximo? Cuidado com o povo? Fosse o que fosse, Alinor hoje arrependia-se do imerecido julgamento feito ao fiel boticário, arrependimento que aumentava, quando a ele se juntava, como penso já ter dito, o desespero.

A noite parecia não ter pressa. Ainda caminhava para as duas da madrugada, e havia quanto tempo já se despovoava a rua? A cidade, desprecisada de remédios, com certeza dormia seu sono saudável. Alinor dobrava becos, virava esquinas e nada. Sequer um guará. Pensou em gritar. Por que não? Berraria desatinadamente e logo algumas janelas se abririam após o inevitável acender de luzes. Alguém indagaria o que estava acontecendo e daria a Alinor o endereço salvador de uma farmácia, pelo amor de Deus. Mas estava no centro da cidade, onde, àquela hora, as janelas dos escritórios são como as farmácias daquela cidade do inferno: não se abrem.

Um velho apareceu lá longe, no começo do escuro. Alinor foi a ele. Bêbado e inútil.

A noite quente o ensopava de um suor pegajoso, camisa colada ao corpo, agonia. Caminhou, sem saber por onde, mais uma hora, talvez. Nenhuma farmácia. E já nem sabia como voltar ao hotel – primeiro lugar que deveria ter procurado. Mas seu país é terra de tantas farmácias! Alinor tinha razão de nem pensar nessa dificuldade. E estava numa capital, ainda por cima!

Escutou passos adiante, saindo do beco. Correu para lá. O guarda apareceu abotoando o cinto, dólmã mal dobrado no braço. Assustou-se com a presença do Alinor.

— Por favor. Eu preciso de uma farmácia. Onde tem?

— Logo ali. Quatro quarteirões na frente — informou o guarda, vestindo o dólmã e evidenciando o alívio de não se tratar de assalto. "Eu vou com o senhor."

Seguiram lado a lado. Alinor era dos que vivem falando mal da polícia, mas não podia negar: a presença do guarda a seu lado era reconfortante, agradável, mesmo. Andavam de passos acertados, coisa que Alinor fazia questão de manter, embora isto lhe custasse a necessidade de encompridar o seu.

Onde o guarda disse que havia farmácia, de fato havia. Fechada. Alinor conteve a ira. E fez bem, porque a autoridade já tomava providência necessária no grito dirigido à janela do sobrado:

— Seu Andrade!

Iluminou-se um quarto, lá em cima. No segundo chamado do guarda a janela se abriu, deixando à mostra a cara fina do farmacêutico.

— Quem é?

— Eu, o guarda Florindo. O cidadão aqui, coitado, está há três horas rodando atrás de uma farmácia. Será que o senhor...

Não foi preciso pedir por caridade ou compaixão; Seu Andrade já estava descendo.

— É só isso? — perguntou o guarda, mão no estômago, visível prova de precisão de nova chegadinha ao beco.

— Só. Obrigado.

Ao ruído dos passos apressados do policial misturou-se o de chave na fechadura, pelo lado de dentro e... pronto. Atrás da porta de aço, levantada além do necessário, Seu Andrade enfiava os óculos de lentes redondas.

— Pois não... – ofereceu-se sem conseguir evitar o bocejo. – O que precisa?

Alinor ia entrar, mas preferiu perguntar antes, para não perder tempo.

— O senhor tem balança? Eu queria me pesar.

Isaac, o conquistador

Mulher de amigo meu, pra mim, é homem.

Isso, para Isaac, era apenas uma frase feita, sem a menor importância de obrigação a ser seguida. Quem quisesse que pensasse assim, levando a sério essa frase idiota, na sua opinião. Para Isaac, era exatamente o contrário. Mulher de amigo era preferencial a qualquer outra. Inclusive chegava a considerar imbecil quem não pensasse do seu modo:

— Não paquerar a mulher de um amigo é indelicadeza.

Assim, Isaac concedia prioridade nas cantadas às esposas dos amigos, sem fazer por onde esconder. Não. Nada de subterfúgios, rosas sem assinatura, telefonemas pretensamente anônimos, bilhetes disfarçados ou recadinhos. Ia direto.

— Sarah, por que não vamos um dia desses passar uma noite num motel?

— Isaac, que proposta é essa? Está me desconhecendo? O Celso é seu amigo!

— Eu não estou convidando o Celso, Sarah. O convite é pra você.

Curto e grosso. De tal maneira ia ao ponto que as mulheres evitavam contar aos maridos que Isaac as havia atacado com propostas escusas e obscenas. Se contassem, quem sabe ele teria um modo de se explicar? Mas, como a coisa nunca aconteceu, ele seguia no seu hábito. Diga-se, a bem da verdade: muitas vezes foi bem-sucedido. Há mulheres que são fracas, nós sabemos. Com essas, Isaac fez seus gols.

Um dia ele se deu conta de que já não dançavam várias mulheres no seu desejo. Engraçado. Antes, qualquer uma serviria de pasto para sua fome. Desse certo dia em diante, somente uma interessava: Clara, mulher de um dos amigos mais chegados, Salomão do armarinho, colega da mesa de pontinho no clube, ex-sócio na loja de móveis e – veja como é a vida! – padrinho de Isaaczinho.

Acabou a paz para Clara. Diariamente, logo depois da hora do almoço, a campainha tocava, ela abria a porta... Isaac.

– E então, já resolveu?

Clara sabia do gênio violento do marido. Isso, para Isaac, era a tábua salvadora. No momento em que Clara contasse ao marido que Isaac vivia fazendo propostas indecentes, ah! acreditem... Isaac era um homem morto. Somente por essa razão Clara não contava. Limitava-se a evitá-lo, pedir que fosse embora, que parasse com aquilo...

Então, Isaac passou a atacar com outra tática: comprá-la.

– Eu te dou dois mil cruzeiros.

Clara ficou mais ofendida. Antes, tudo era tentado de maneira, pelo menos, digamos, educada. Mas dinheiro? Ele pensava o quê dela? Mas Isaac só pensava em Clara. Uma quase-loucura, levando-o a desmandos.

– E se eu te der dez mil cruzeiros?

Quando a proposta começou a beirar os quarenta mil, Clara principiou a ouvir com maior atenção o que Isaac tinha a dizer. Deixou de gritar com ele e já não o expulsava. Isaac sentiu que estava perto. O armarinho do Salomão não andava em boa fase. Ele sabia de algumas dívidas a resgatar, pequenos pagamentos em atraso... ora. Clara poderia ser a solução do armarinho, ao mesmo tempo em que se transformaria em mais um troféu de Isaac.

Uma tarde, o bote.

– Cinquenta mil cruzeiros – disse, mostrando definição.

Clara já sabia a resposta, mas fingiu pensar. Foi difícil fazer passar aqueles cinco minutos até concordar. Mas disse que sim.

Ficou combinado para o dia seguinte, às três da tarde, hora em que Isaac compareceu pontual e perfumadamente, depositando sobre a mesa os cinco pacotes de dez mil cruzeiros. Clara muito se penitenciou pelo erro, mas a salvação do armarinho do marido servia de biombo, justificativa admirável.

Transaram.

Às sete e meia da noite Salomão chegou em casa. Clara evitou encará-lo. O marido, camisa suja e suada, arriou o corpanzil na poltrona velha. Sem fitar a mulher, perguntou, seco:

– Isaac esteve aqui hoje?

Clara tremeu, antes de responder sim.

– Deu cinquenta mil cruzeiros a você?

Acabava o mundo para a mulher. Não havia mais como esconder. Procurava imaginar quem a entregara, como Salomão descobrira, o que seria sua vida depois deste dia. O marido levantou-se e a encarou. Era a primeira vez que olhava dentro dos olhos da mulher desde que chegara.

— E então, Clara? Isaac deu cinquenta mil cruzeiros a você ou não deu?

— Deu, sim.

Já se preparava para inventar desculpas e explicações quando Salomão lhe voltou as costas, dirigindo-se para o quarto. Enquanto ia, deixou uma frase na sala:

— Ah, bem. Porque ele passou de manhã no armarinho, me pediu cinquenta mil emprestados e disse que entregava a você hoje de tarde.

| Casal convidado

Tinha o sítio havia dez anos e, até aquele dia, nunca conseguira nada além de alguns fins de semana. Diabo. Não comprara aquele delicioso recanto nas montanhas – pedacinho de céu, como costumava chamar – com intenção tão pequena. Não. O desejo real, desde a inicial transação com o antigo proprietário, ia bem mais longe.
– Pra gente passar as férias.
– Ah, Waldemar, as férias! Vai ser ótimo.
Mas como arranjar jeito e tempo de concretizar o prometido no diálogo? A esposa cobrava, porque as esposas usam de suas prerrogativas: elas cobram. A do Waldemar, então, passou a fazer da cobrança das férias o principal motivo da vida.
– E quando é que a gente vai passar as férias no sítio?
Como se Waldemar pudesse responder. E férias quando? A mulher bem sabia que o trabalho o engolia, sem permitir ao menos a ousadia de admitir essa hipótese. Bem que um dia tivera a coragem de falar no assunto ao patrão.
– Um dia.

Foi isso que o patrão disse. Um dia. Só e seco. Depois desse contra, Waldemar só voltaria a falar nisso se fosse louco. Poderia perder o emprego.

Mas, um dia, o dia chegou.

— Waldemar, a partir de segunda-feira você está de férias.

A mulher nem acreditou. Mas acreditou. E então achou ótima a ideia de convidar um casal amigo. Waldemar achou ótimo também, o que nem era vantagem, já que fora ele quem sugerira. Poderiam jogar buraco, conversar, inventar jogos. Dois casais. Esplêndido.

— Mas claro que nós vamos! – disse Jacinto, o convidado.

O trem das sete os levou à cidadezinha de Milião, onde o sítio, pela primeira vez, seria desfrutado de acordo com o pensamento inicial.

Durante a viagem os casais realmente começaram a se conhecer. Jacinto era um colega de trabalho, de intimidade relativa. Ganhara o convite pela simpatia sempre demonstrada e elogiada. Waldemar pouco sabia dos particulares de Jacinto, e, infelizmente, o que mais ignorava era o apetite.

— Seu amigo come direitinho – a mulher comentou, após o primeiro jantar no sítio.

— É – Waldemar respondeu, lacônico.

O laconismo fora gerado pela lembrança do devorado por Jacinto: os quatro bifes, seis ovos, quase a metade da travessa de arroz, o feijão, as batatas. Incomodou um pouco, também, o fato de Jacinto preferir ter a refeição servida em prato fundo. Mas devia ser coisa acidental. Por que não? A viagem longa, a caminhada da estação ao sítio, a mudança de clima... Por que não?

— Foi hoje só.

Não foi. Foi assim todos os dias. O mais preocupante não era o incomum apetite do almoço e do jantar, mas a fome da entressafra. Jacinto lanchava, merendava, beliscava, ceava, mordia. A qualquer hora estava pronto para "comer uma coisinha", como modestamente dizia.

— Waldemar, desse jeito não pode ser.

Ele concordou com a observação da mulher. O sítio, afastado de Milião, cidade de parcos recursos, obrigara o casal a levar mantimentos para os quinze dias de estada, e já no quarto dia o estoque aproximava-se do fim.

— Ou eles vão embora logo ou nós todos temos de ir.

Qual a dúvida? Os convidados iriam.

Waldemar expôs a situação ao amigo. Jacinto entendeu. O argumento usado por Waldemar pareceu faca no coração de Jacinto: comida acabando.

— Se não tem mais comida, então a gente vai embora que é melhor.

— Não tem. Acabou tudo. Amanhã vocês pegam o trem e um outro dia, quem sabe?

Às cinco da manhã Waldemar foi acordar o casal. Tudo menos deixar que perdessem o trem das seis, o único do dia. Bateu na porta. A demora de Jacinto em abrir já o deixou apreensivo. Bateu mais forte. Jacinto respondeu, voz rouca de sono.

— Já está na hora?

— Cinco e dez quase — gritou Waldemar. — "O galo já cantou."

Em três segundos a porta se abriu, mostrando o rosto iluminado de Jacinto.

— Ainda tem um galo? Então a gente fica mais um dia.

| Fantasma

Além da festa ter sido de insuportável desanimação, a bebida oferecida pelo dono da casa fora da pior qualidade, comprovação que teriam amanhã, pois a dorzinha de cabeça, bem fininha e bem chatinha, já estava vindo, começando na nuca.
– Uma noite perdida.
– E mal bebida.
Pode ter sido uma vingança fermentada pela decepção da festa sem proveito, o fato é que lhes nasceu a ideia de fazer pequenas arruaças pela cidade. Nada, no entanto, de chamar a atenção. Nem podiam. Nascidos e criados ali, quem não os conhecia? Brincadeiras como as do tempo de meninos: sacanaginhas.
Roubar o leite da porta do delegado foi fácil; urinar no vaso de plantas da D. Romilda, professora do grupo, foi coisa feita com desusado prazer.
– Isso é pelos zeros que vivia me dando.
Severo gostou demais quando abriu a gaiola para o voo de liberdade do sabiá-laranjeira de Seu Batista, açougueiro safado, cujo quilo nunca alcançou os oitocentos gramas.

— Taí. Nunca mais ele deixa gaiola no alpendre.
Abriram o portão do jardim da casa do delegado, por onde saiu Sansão, cachorro de estimação da autoridade local.
— Amanhã ele não prende ninguém.
— Nem o cachorro, olha onde ele já vai.
Sansão corria solto, parecendo entender o quanto vale a liberdade. Viram, no fim da rua, o cachorro dobrar à esquerda, na Travessa do Cemitério. Aí, Severo teve a ideia.
— Vamos ao cemitério?
Ora. Jacintinho não sabia que intenção o convite do amigo escondia, mas àquela altura concordaria com qualquer proposta, por mais absurda que fosse. Como, por exemplo, ir ao cemitério.
— É aqui que a gente acaba, Jacintinho.
— Mas demora, companheiro.
— Vamos entrar?
— Pra quê?
— Pra gente já começar a fazer amizade com a vizinhança.
Riram aquela gargalhada sem vontade de começo de porre. O portão fechado foi motivo para Severo repetir a anedota, que, de tão antiga, até surpreendeu ser nova para o amigo.
— Pra quê cemitério tem porta? Quem está dentro não pode sair, quem está fora não quer entrar.
Tiveram que esperar os segundos da gargalhada explosiva para, só então, pular o muro.
— Vige! Oh, coisa feia.
Foi Jacintinho quem viu o coqueiro, carregadinho, convidando.
— Sabe subir em coqueiro?

— Ora, quem é que não sabe? Eu não sei é se posso.

Pôde. O coqueiro não era tão alto, e a intrepidez provocada pelo álcool foi de inestimável ajuda. Lá de cima Severo gritou:

— Eu vou jogando os cocos e depois a gente divide.

— Tá certo. Arranque e sacuda.

Severo começou seu trabalho. Os cocos, jogados sem maior cuidado, iam caindo em todos os cantos: nas lajes, na grama, no pé do muro, quase na cabeça de Jacintinho, fazendo-o preferir defender-se, atrás da sepultura maior. Dois cocos, de tão mal jogados, caíram na rua, além do muro.

Pois bem.

Celestino era quem abria a padaria. Sempre o fazia às quatro e meia, mas, por se acordar às três e não saber o que ficar fazendo em casa, achou melhor ir logo de uma vez para o serviço. O caminho de casa ao trabalho continha, no itinerário, a rua do cemitério. Então Celestino ouviu vozes do lado de dentro do muro. Não entendia as frases, sequer as palavras, mas era evidente que havia gente conversando no... gente? Celestino sentiu um arrepio lhe gelar o sangue.

— Ave, Maria!

Correu para a delegacia, onde Cabo Peixoto dormia, dólmã aberto, pé sobre a mesa, vigilante que era de preso nenhum.

— Seu cabo, pelo amor de Deus, acorde!

Pois bem.

Severo arrancou os últimos cocos e desceu para, com o amigo, fazer a divisão.

— Esse pra mim, esse pra você, esse pra mim, esse pra você...

Pois bem.

Não é que o Cabo Peixoto duvidasse de Celestino, menino direito, trabalhador, gostado por todos na cidade, mas aquilo não era hora de acordar uma autoridade no melhor do sono. O Cabo ainda tentou uma desculpa para não ir, argumento de amedrontar menino.

— A polícia não tem a menor obrigação de prender fantasma.

— Fantasma?

— Gente conversando no cemitério só pode ser alma.

Pois bem.

Severo e Jacintinho estavam no fim da divisão. Não haviam ainda pensado em como levar os cocos, mas isso ficava para depois.

— Esse pra mim, esse pra você, esse pra mim...

Acabaram de separar os cocos que, de modo algum, poderiam carregar. Foi nesse momento que Celestino, dedo nos lábios, comandando silêncio, parou junto ao muro, indicando ao Cabo o lugar exato de onde as vozes partiam. Cabo Peixoto apurou o ouvido, pedindo ao bom Deus que aquilo não passasse de imaginação do menino. Nessa hora, Severo, lá dentro, lembrou dos cocos caídos além do muro. Foi coincidência demais, mas foi assim que se deu, quando o Cabo encostou o ouvido no muro. Severo, lá dentro, disse:

— Agora vamos pegar os dois que estão lá fora.

Cabo Peixoto foi quem correu primeiro. E quem primeiro caiu, ao pisar no coco.

Este livro foi impresso pela Prol Editora Gráfica para a Editora Prumo Ltda.